マドンナメイト⊕

元女子アナ妻　覗かれて

雨宮　慶

JN067652

元女子アナ妻　覗かれて

第一章　刺戟的な窓

1

覗かれていることに気づいたのは、ちょうど一週間前のことだった。

その夜、入浴をすませバスローブをまとって寝室に入った有希《ゆき》は、明かりをつけてから窓辺に歩み寄った。

テラスにつづく掃き出し窓は、一畳サイズのガラス窓が二枚入っている。そのうちの一枚と、そのぶんだけカーテンが開いていた。

有希は開口部に立って大きく息を吸った。秋特有の愁いをふくんだ夜気の匂いが肺腑にひろがる。それを味わってから、ゆっくり吐き出す。

どういうわけか、思春期の頃から有希はこの夜気の匂いが好きだった。せつなさが胸に染みわたって、泣きだしそうな感情に襲われるのだ。

ところがそれが気持ちよくて、どこか快感にも似ているのだった。

それでこの時季、窓を開けていたりするのだが、それがこの夜は思いも寄らないことになってしまった。

ガラス窓を閉めようと手をかけて、なにげなく隣家を見やった瞬間だった。

隣家の二階の窓で、サッと黒い影が動くのが眼に止まったのだ。

その部屋に明かりはついていなかった。が、よく見ると、窓のカーテンが半分ちかく開いていた。

この夜はたまたま月明かりが差していたため、それがわかったのだ。

有希は窓を閉め、カーテンを引いて、うろたえながら思った。

──あの部屋は、健斗《けんと》くんの部屋のはずだから、覗いていたのは、彼以外に考えられない。

さらにふと、思った。

──覗かれたのは、これが初めてじゃないのかも……。

隣の吉岡《よしおか》家は、夫婦と息子の三人家族だ。夫が銀行員、妻が大学病院の内科の勤務医で、健斗という息子は大学一年生。そのため、平日の昼間は留守のことが多い。

有希自身、隣家の眼を気にしないわけではなかった。だが考えてみると、留守勝ちということが頭にあったからだろう、必ずしもいつも注意を払っていたとはいいがたかった。

外出前や帰宅した際に急いでいるときなど、隣家の窓にカーテンがかかっているのを見ると、こちらの寝室のカーテンが開いていてもさして気にせず着替えることもあった。

そんなことを考えているうちに、有希はカッと躯《からだ》が熱くなった。

――それよりもさっき、お風呂から出て躯を拭いているところも見られたかもしれない！

そう思ったのだ。

入浴した際、有希は浴室から出るとき換気のために窓を少し開けておくことにしていて、脱衣場の小窓もそうして躯を拭いたり下着をつけたりしている。

そういうところも見られたかもしれなかった。

有希はますますうろたえると同時に怒りをおぼえた。

──覗き見するなんて、許せない！

ただ、すぐには信じられない気持ちにもなった。健斗がそんなことをするようなタイプには見えなかったからだ。

ただ、たまに立ち話をする母親の話では、高校時代はアメフトに熱中しQBで活躍していたが、大学に入ってからは燃え尽き症候群に陥ったのか、すべてにやる気をなくして怠惰な生活を送っていて、困っているということだった。

それでも有希からすると、健斗はがっちりした体型のわりにやさしげな顔立ちをしていて、爽やかなスポーツマンタイプにしか見えなかった。

外で出会ったりすると、この年頃の純情な青年特有の照れ臭そうな表情を見せて、ちゃんと挨拶する。そういうところが微笑ましくもあり、有希は好感を持っていた。

それだけに、あの子がまさか!?──という信じられない気持ちのほうが強かったのだ。

ところがそれから数日のうちに、有希のなかに大きな変化が生まれてきた。それも有希自身、信じがたい、当惑する変化が──。

覗かれていたことが、なぜか頭から離れず、併せて風呂上がりや着替えているところを健斗に覗き見されているシーンが頭に浮かぶようになったのだ。

そうなると、顔を合わせたとき健斗が見せるようすを、それまでは純情な青年特有の照れ臭さだと思っていたが、それだけではなく、有希に対して特別の関心を持っているせいもあるのではないかという気さえしてきた。

それに考えてみれば、この年頃は性欲を持てあましていて、女性やセックスへの興味や好奇心が抑えられないときでもある。

それればかりか、有希は当惑した。

風呂上がりに全裸の軀をバスタオルで拭いている自分や、下着姿になっている自分……それを食い入るように覗き見ている健斗……若い彼は興奮しきって、ズボンの前が露骨に突き上がっている……。

そんなことを想像していると、いつのまにか軀が熱くなり、息苦しくなっていたのだ。

さらにうろたえた。健斗の突き刺さるような視線を想っているうちに熱をおびてきた秘奥がズキンと生々しくうずいて軀がふるえ、思わず喘ぎそうになったからだった。

そのとき有希は、入浴する前に下着姿で洗面所の鏡に向かっていた。そのつづきにある脱衣場の小窓は閉めていて、窓には磨りガラスが入っているので、外からなかは見えない。

——いまも彼が覗いているかもしれない……。

そう思うとドキドキして、有希は戸惑った。

——どうして!?

と、自問した。そして、うろたえた。あろうことか、覗かれることを刺戟的に感じている自分がいたからだ。

——そんなの、ウソよ、ありえない!

鏡のなかの自分の顔を見て、そう強く言い聞かせた。

クリーム色のブラとショーツをつけている軀は、有希自身、三十六歳にしては張りがあり均整が取れていると思っていた。それにウエストのくびれから腰のひろがりのラインは、自分でも官能的に見えて、二十代にはなかった熟女ならではの色気がある、と。

鏡に写っている有希の顔は、強張っていた。興奮のためだった。

その表情に戸惑わされながら、ブラをゆっくり外した。

あらわになった乳房は、適度な量感があって、乳首をつまんで軽く持ち上げたような、きれいな形をしている。その乳首がいくぶん勃《た》っているのは、これも性感の高まりのせいだった。

有希は鏡のなかの自分を見つめたまま、片方の手で乳房をかるく愛撫しながら、一方の手をショーツのなかに差し入れた。

もう濡れているのはわかっていたが、秘めやかな粘膜部分は想った以上に蜜にまみれていた。

ヌルッとしている肉襞の間を、指先でゆるやかにこすった。

わきあがる快感に、悩ましい表情を浮かべた顔がのけぞる。

有希の眼には、鏡のなかの自分がひどく淫らで、いやらしく見えた。

感じてたまらなさそうな表情も、乳首をまるくこねている指の動きも、ショーツのなかで過敏な肉芽をとらえて撫でまわしている指も、そしてそれに合わせて微妙にうごめいている腰つきも、それらすべてが――。

そんな淫らさ、いやらしさに、有希はますます興奮を煽られた。

こんなことは、これまでなかったことだった。オナニー自体、思春期に好奇心や興味から何度かしただけで、それ以降はあるときまでしたことがなかった。

あるとき――とは、一年ほど前のこと。その一年あまり前から夫とセックスレスに陥っていて、それで欲求不満に耐えきれず、自分で慰めたのだ。

セックスレスの原因は、〝妊活〟がうまくいかなかったことだった。

有希は民放テレビ局のアナウンサーをしていた二十八歳のとき、Z省のキャリアの綾瀬《あやせ》憲一郎《けんいちろう》と結婚して寿退社した。綾瀬は三十七歳だった。

結婚後、有希は家庭に入った。夫婦ともそう望んでのことだった。幸せな家庭で子供を産み育てたいという有希の夢と、妻には家庭を守ってもらいたいという綾瀬の願望が一致した形だった。

結婚して三年目を迎えた頃、そろそろ子供をつくろうということになった。

ところが有希に妊娠の兆候はまったく表れなかった。

そこで夫婦は婦人科を受診した。診察の結果、夫の精子が平均的な数より少ないのと、活動が鈍いことが不妊の原因として考えられる、と診断された。

それを受けて夫婦は〝妊活〟を開始した。ところが好ましい結果は得られなかった。あれこれ手を尽くしたが、それでも期待は叶えられなかった。

三年あまりたって、夫婦は失望のうちに〝妊活〟を断念した。

それからだった。夫が有希を求める頻度が目に見えて少なくなったのは。そればかりか、そのうちレスになってしまったのだ。

有希は結婚するまでに二人の男性を経験していた。女子大時代に初体験した相手と、アナウンサーになってから付き合った相手だった。

経験した男の数が多いか少ないかはともあれ、そんな有希から見て、夫はもともと精力旺盛なタイプではなかった。どちらかといえば、セックスは淡白なほうだった。

ただ、〝妊活〟が不首尾に終わってセックスレスになっても、それ以外での夫婦の関係は変わらなかった。

夫は、自分のせいで子供を授かることができなくてすまないと有希に謝り、そのぶんこれからはいままで以上にふたりだけの幸せを考えてやっていこうといって、むしろそれまでよりもやさしくなったほどだった。

有希の夫を愛する気持ちも、いささかも変わりはなかった。

ところがそれとはべつに、日がたつにつれて有希のなかにこれまでになかったものが生まれてきた。

ひとつは、子供のいない夫婦だけの生活を、このまま家にいて守っているだけでいいのだろうかという疑念。そしてもうひとつは、生理的、肉体的な面での不満だった。

この不満は、有希を当惑させ困惑させた。性的に満たされない日々を送っているうちに、すでにその歓びを充分に知っている軀に徐々に不満が溜まって、ときにたまらないほどうずくようになってきたからだ。そして、これまでこんな経験をしたことがなかったからだった。

覗き見られたことに対して自分のなかに起きた変化に戸惑いながらも、そんな性的な事情を抱えていた有希は、この変化はきっと、フラストレーションのせいだろうと思っていた。

2

——やっぱ、あのとき、気づかれたんだ……。

健斗はがっかりしながら思った。

隣家の一階の脱衣場の小窓は閉まったままで、二階の寝室も明かりは点いているものの窓もカーテンが引かれていた。

ちょうど一週間前のことだった。

その日も健斗はいつものように夕方の六時頃、自分の部屋の明かりを消して、三十センチほど開けたカーテンの間から隣家を覗いていた。

いつものようにといっても、ここ数日前からのことで、その日帰宅して二階の自室に入って明かりを点けた健斗は、何気なく窓際にいってカーテンをわずかに開けてみた。

まさに何気なくだったが、そのとき信じられないような光景が彼の眼に入ったのだ。

健斗はドキッとして思わず身を乗り出した。引き戸が半分開いた小窓の向こうに、隣の奥さんの、全裸の姿が見えたのだ。

健斗はあわてて部屋の明かりを消し、すぐまた窓辺にへばりついて覗いた。興奮のために息苦しいほど胸が高鳴っていた。

奥さんはバスタオルで軀を拭いていた。見えているのは、それを斜め後ろから見た姿だった。

奥さんは、風呂上がりに脱衣場で軀を拭いているらしかった。

そんなことよりも、健斗の眼は奥さんの裸に釘付けになっていた。

息を呑むほど色っぽい軀つきに、ゾクゾクするほど艶《なまめ》かしい白い肌。なにより見たとたん股間を直撃された、むっちりした尻のまるみ……。

瞬時に健斗は勃起していた。

――こっちを向いて！

健斗は胸のなかで懇願した。

奥さんは白いショーツを手にすると、健斗に後ろ姿を見せたまま、前屈みになってそれを穿いた。

そのとき、わずかに胸のふくらみが見えたが、こっちを向くことなく、白いバスローブを羽織ると健斗の視界から姿を消した。そして、脱衣場の明かりも消えた。

こっちを向いた奥さんの裸を見ることができなかったのを残念に思った健斗だが、ほどなく胸がときめいた。隣家の二階の部屋に明かりが点いたのだ。

その部屋の窓は、大きなガラス戸の一つと、そのぶんのカーテンが開いていて、室内が暗がりのなかに浮かび上がっているように見えた。

どうやらそこは、夫婦の寝室のようだった。ベッドが二つ並んでいた。

健斗は素早く、カーテンの陰に隠れた。バスローブをまとった奥さんが現れたからだ。

こっそり覗いていると、奥さんは窓辺に近づいた。そして、顔をのけぞらせた。

その仕種からして、深呼吸をしたようだった。

――このあと、バスローブを脱いでルームウエアに着替えるのかも……ああ、早く脱いで！

健斗は期待した。が、期待はあっけなく裏切られた。奥さんは窓を閉め、カーテンを引いたのだ。

それでも健斗の興奮はさめやらなかった。ペニスも勃ったままだった。

それも無理はなかった。健斗は隣の奥さんを性的な対象として見ていたのだ。

隣の奥さんは、綾瀬有希という。結婚を機に仕事を辞めて専業主婦になっているが、旧姓は星野《ほしの》といって、元民放テレビ局のアナウンサーだ。

テレビのニュース番組に出ていたときの星野有希を、健斗は知っていた。といっても小学生から中学生になる頃のことだから、きれいなお姉さんという印象だけだった。

そのきれいなお姉さんが、三年前、隣に越してきたときは驚いた。健斗が高校二年になったばかりの頃だった。

そのときお姉さんは結婚して姓が変わり、アナウンサーを辞めて家庭に入っていた。

そのあたりのことは当時、母から聞いたことだった。母は綾瀬有希と親しくなって、ときおり話していたらしい。

健斗にとって、隣の奥さんの綾瀬有希は、きれいなお姉さんのままだった。事実、彼女はきれいだしスタイルもよかった。

もっとも、それですぐに健斗にとって彼女が特別な存在になったわけではなかった。

その頃はアメフトに熱中していて、異性やセックスへの興味も持て余すほどの性欲もあったし、それなりにファンもいたけれど、アメフト熱のほうがそれを上回っていた。

性欲はもっぱらマスターベーションで処理していた。

健斗が綾瀬有希のことをそれまでとはちがった眼で見るようになったのは、大学に入って最初の夏——つまり、今年の夏あたりからだった。

そうなったのには、いくつかの要素が重なり合ってのことだった。

健斗は大学に入ってから自分でもよくわからないうちにすべてにやる気を失っていた。あれだけ熱中していたアメフトもやめていた。

そんなときたまたま、庭に出て植木に水やりしている隣の奥さんを見かけたのだ。

奥さんはロングヘアを小さなスカーフで縛って胸の前に垂らし、黄色いタンクトップに白いショートパンツという格好だった。

散水ノズルを操作しながら、ときおり手の甲で額の汗を拭っている彼女の表情を見たとき、健斗はドキッとした。

まだ童貞の健斗だが、ネットのアダルトサイトからセックスの知識だけは得ていたため、奥さんの悩ましげな表情からセックスのときのそれを想像したのだ。

それがきっかけで、奥さんのすべてが悩ましく見えてきた。

むき出しの白い腕、Tシャツの胸を持ち上げているバスト、ショートパンツから露出しているすらりとしてエロティックな美脚……。

気がつくと、奥さんと同じようにショートパンツを穿いていた健斗の、その前が露骨に突き上がっていた。

それからだった。隣の奥さんを性的な対象として見るようになったのは。

もっとも、だからといってどうなるものでもなかった。

相手は人妻で、健斗よりもはるか年上の三十六歳だ。家が隣同士という以外の関係はありえなかった。

ところがそんな隣の奥さんが、健斗にとってますます悩ましい存在になることになったのだ。

たまたま、風呂上がりの奥さんの裸を覗き見たために——。

それからというもの健斗は、隣の奥さんのことが、隣家の脱衣場の小窓や寝室の窓が、四六時中気になって、頭から離れなくなってしまった。

そのため、家にいるときはしょっちゅう隣家を覗くようになった。

初めて風呂上がりの奥さんの裸を見た翌日も、前日と同じように覗き見ることができた。ただ、あえて窓のほうを向く必要もないのか、残念なことにこの日も見えたのは、斜め後ろから見た奥さんの裸だった。

この日も寝室を覗くことはできたが、前日のように奥さんが深呼吸したあとすぐに窓を閉めカーテンを引いたので、健斗の期待は叶えられなかった。

それから三日間もほぼ同様だった。というか、脱衣場の窓の開きがそれまでよりも狭くて、奥さんの裸が見えるには見えたけれど、ちらちらという感じで、健斗にとってはもどかしくてたまらなかった。

そのせいもあって、とりわけこの夜、奥さんが寝室に現れたとき、健斗はつい覗きに夢中になっていた。

そのとき、奥さんがこちらを見るのを感じて、健斗はあわててカーテンの陰に隠れた。

――ヤバッ、見られた！

数秒おいて、まだドキドキしながら健斗はそっと覗いてみた。

隣家の寝室は明かりが灯っていたが、窓が閉められカーテンが引かれていた。

それから一週間、脱衣場の小窓に明かりは点くものの窓が開くことはなく、それは寝室も同じという状態がつづいていた。

もはや、覗きがばれてしまったというほかなかった。

健斗はがっかりした。それよりも日増しに気が気ではなくなった。隣の奥さんが母に覗きのことをいうのではないかと、恐れたからだ。

3

そんな一週間がすぎた翌日だった。健斗が抱えている恐れが一転、欣《きん》喜雀躍《きじやくやく》に変ったのは。

その日の夕刻、恐れよりも誘惑と期待に勝てず、隣家を覗いていた健斗は、思わず「ウソッ！」と声が出た。

脱衣場の小窓に明かりが灯ったのだ。小窓が半分開いていた。

いやがうえにも高鳴る胸の鼓動に襲われながら、健斗は慎重にカーテンの陰から覗き見ていた。

すると奥さんが現れ、これまでのように健斗のほうに斜め後ろ姿を見せて、着ているものを脱ぎはじめた。風呂上がりにバスタオルで軀を拭くところは見たことがあったが、服を脱ぐのを見るのは初めてだった。

奥さんは花柄のブラウスに茶色の無地のタイトスカートを穿いて、長い髪は後頭部でまとめて留めていた。

奥さんがブラウスを脱いだ。白いブラをつけたきれいな背中と艶かしい上半身が現れて、健斗は固唾を呑んだ。早くも分身が充血して強張ってきていた。

ついで奥さんはスカートを下ろした。パンストは脱いでいたのか、穿いていなかった。

白いショーツにつつまれて、むちっとしたまるみを見せているヒップが、健斗の強張りをうずかせヒクつかせた。

奥さんが両手を背中にまわしてホックを外し、ブラを取る。つづいて両手でウエストのくびれをなぞり、ショーツに指をかけた。

そのまま、腰をくねらせてショーツを下ろしていく。

息を呑んで食い入るように見ている健斗の眼に、ゾクゾクするナマ尻が入ってきた。

――エロいッ、たまンない！

胸のなかでそういったとき、奥さんの姿が視界から消えた。浴室に入ったらしい。

――浴室の窓も開けてくれないかな。

明かりは点いているが、閉まったままの浴室の窓を見ながら、健斗は胸のなかでつぶやいた。そして、いまになってようやく訝《いぶか》しく思った。

――だけど、どうして脱衣場の窓を開けたんだろう。あのとき、覗きに気づかれたと思ったけど、そうじゃなかったんだろうか。でも、もしそうだとしたら、なんであれから窓を開けなくなったんだろう。わからない……。

浴室のなかの奥さんのようすを想像したり、そのたまらないほど色っぽい裸を思い浮かべたりしながら、健斗は覗きをつづけていた。

隣の奥さんを性的な対象として見るようになってからというもの、健斗がインターネットで見るアダルトサイトの動画の内容はそれまでとちがってきた。

それまではほとんど若い女の動画だったが、それが〝人妻・熟女モノ〟に変わってきたのだ。

熟女が健斗のような若い男やいかにもスケベそうな中年男とセックスする動画を見ながら、健斗はその熟女に隣の奥さんを重ね合わせて見ていた。

動画の熟女たちは、顔にしてもスタイルにしても隣の奥さんほどイイ女はいなかった。それでも健斗はいままでにないほど興奮した。

変わってきたといえば、覗きをするようになってから、近所で奥さんと出会うと――めったに会うことはないのだが、やましい気持ちがあるためにオドオドしてしまって、奥さんの顔をまともに見ることができなかった。

だから奥さんがどんな表情をしていたかわからなかった。ただ、奥さんとは挨拶をかわす程度だが、気のせいか健斗には、奥さんの口調がそれまでとは微妙にちがっているように感じられた。

しばらく覗きをつづけていると、奥さんが脱衣場に現れた。まるで健斗から隠すかのように白いバスタオルを軀の前に当てて現れ、健斗に背中を向けると、そのまま軀を拭きはじめた。

――頼む、こっちを向いてよ。

健斗は祈る気持ちでつぶやいた。

だが願いは叶えられず、奥さんは白いバスローブを羽織ると健斗の視界から姿を消し、つづいて浴室や脱衣場の明かりも消えた。


バスローブをまとって二階に上がっていきながら、有希は興奮が収まらなかった。胸の鼓動もまだ高鳴っていた。

それだけではない。躯はオルガスムスの余韻を留めて快い気だるさにつつまれていて、そのため足取りはやや重かった。

脱衣場を覗かれていたのは、わかっていた。入浴する前、二階の寝室から隣家の健斗の部屋を覗いてみると、有希の家の寝室にも脱衣場にも明かりが点いていないので油断していたのだろう、覗いている彼の影が見えたのだ。

――そんなに見たいなら、見せてあげるわ。

それが、覗かれていることに気づいてから一週間がすぎて有希が出した、健斗に対する応答だった。

そこに至るまで、当然のことながらいろいろ考えたり思ったりして、気持ちは揺れ動いた。

その結果、そんな応答に至っても有希自身、自分がこんなことを考えるなんて、そしてしようとするなんて、信じられない気持ちだった。

それでいて、気持ちの昂《たかぶ》りもあった。そればかりか、信じられない気持ちよりも、むしろそっちのほうが強かった。

なぜそうなのか、有希にはわかっていた。溜まりに溜まってきている性的なフラストレーションのせいで、刺戟がほしかったのだ。それもフラストレーションと同じように、たまらなく。

ただ、相手が健斗ではなかったら、ここまで大胆にはなれなかった。

──あの子は真面目で性格もよさそうだから、秘密は守れるはず。なにか問題を起こすような心配も、きっとない。

女の直感で、有希はそう思い、そう確信したのだ。それに、

──おそらく、彼はまだ童貞じゃないかしら。

そうも想った。

とはいえ、いざとなると、またしてもためらいが生まれて、大胆になっている気持ちを抑えようとした。

だが有希はそれを振りきって、脱衣場の窓を開けたのだった。

健斗の視線を感じながら、服を脱いでいった有希は、どうしようもなく軀が熱くなり、小刻みにふるえた。

彼の視線が肌に突き刺さってくるように感じられたり、その視線で軀を舐めまわされているような感覚に襲われたからだ。

全裸になったときは頭がボーッとして、立っているのがやっとという状態だった。

浴室に入って、お湯に浸かる前にシャワーで軀を洗っていると、困ったことになった。

シャワーの飛沫が乳房や、とりわけ股間に当たると、いつになく感じてしまって軀がひくつき、声をこらえることができなかった。

覗き見されて興奮し、その刺戟で軀が過敏になっていたせいだった。乳房のふくらみ全体がしこった感じになって、乳首が尖り勃っていたし、股間の秘めやかな部分は熱く充血してうずいていた。

そんな状態だから、落ち着いてゆっくりお湯に浸かっていることはできなかった。

それどころか、健斗のことを考えて、有希はますます興奮していた。有希の裸を覗き見た健斗も、興奮しているはずだ。しかも若くて、もしもそれに童貞だったとしたら、どうしようもないほど興奮して、ペニスは痛いほど勃起しているにちがいない。

──いまごろ、それを手にしてしごいているかも……。

そう思ってそれを想像していると、有希もたまらなくなった。

バスタブから出て軀にソープを塗りつけていると、もうそれを我慢できなくなって、片方の手で乳房を愛撫しながら、一方の手を股間に這わせて過敏な肉芽をまさぐり、指先でこねた。

すぐに快感が全身にまわって、ますますたまらなくなってきた。ふくれあがっている肉芽を指でこすりたてた。ぐんぐん快感が高まって、めくるめく絶頂に達して軀がわななき、有希は呻《うめ》いた。

息が弾んでいた。興奮で顔が強張っているのがわかった。

クリトリスでイクと、それだけではすまなくなることも、もうわかっている。尖り勃っている乳首をつまんで強めに抓《つね》る──有希の場合、それだけでイクこともあるほどその刺戟に弱いのだ──と同時に、指を秘芯に挿《さ》し入れた。

鋭い快感が軀を突き抜けて、「アアッ」とふるえ声を洩らしてのけぞった。そしてそのまま、さっきよりも深いオルガスムスに襲われた。

浴室でそんな行為をしたために、寝室に向かっている有希の軀には、まだその興奮と快感の余韻が生々しく残っているのだった。

そればかりか、有希の胸にはまた、さきほど脱衣場で着ているものを脱いでいったときと同じような高鳴りが生まれてきていた。

覗きに気づかれたと思い、落胆し恐れてもいたのが一転、また覗き見することができて興奮し大喜びしたにもかかわらず、欲というのは際限がないというべきか、健斗は奥さんの裸を前のほうから見ることができなかったのを残念がっていた。

それでも興奮が損なわれたわけではなかった。若い欲棒は、チノパンの前を突き上げたままだった。

——だけど、どうしてなんだ？

健斗はそう思って首をひねった。

一週間、脱衣場の小窓を閉めていた奥さんが、なぜまた開けたのか。しかも入浴する前、服を脱ぐときから開けたままにしたのは、どうしてなのか。

そう考えて、健斗は驚いた。

──まさか、これって、俺に覗かれてるのがわかってて、見せようとしたってこと!?……でも、信じられない。あの奥さんがそんなことをするなんて。だけど、じゃあどうしてなんだ?

それより、もしものもしもだけど、俺に覗かれてるのがわかってて見せたのだとしたら、奥さんも覗き見されるのが刺戟になって興奮しちゃって、それで見せようとしたのではないか……。

その思いつきは、健斗の胸を高鳴らせ興奮させた。

だがすぐ、そんなことはありえないと否定したそのとき、健斗はまた胸が高鳴った。

隣家の寝室に明かりが点き、奥さんの姿が現れたのだ。

窓もカーテンも開いていた。健斗がカーテンの陰から慎重に覗いていると、白いバスローブをまとった奥さんが窓辺に近づいてきて、いつものように大きく深呼吸した。

──奥さんは脱衣場で下着をつけなかったから、あのバスローブの下は裸のはずだ……。

健斗がそう思って見ていると、奥さんの姿が視界から消えた。

——え!?　まさかこれだけってことはないよね。

胸のなかで泣き言じみたことをつぶやいたとき、また奥さんが現れた。手になにか持っていた。黒い下着のようだった。

健斗は息を吞んだ。奥さんがその下着をベッドの上に置くと、健斗のほうに背中を見せたまま、バスローブを脱ぎ落としたのだ。

——すげえッ、メッチャ色っぽい!

健斗は胸のなかで興奮の声をあげた。

全裸の奥さんの後ろ姿は、まるで映画のなかの一シーンか絵画のそれのようだった。それもとびきりプロポーションのいい女優かモデルの。

なぜか、奥さんはそのままじっとしている。

——頼む、こっを向いてよ!

健斗は懇願した。

——と、奥さんが背中を向けたまま下着を手に取り、ブラをつけはじめた。

顔をうずめてこすりつけたくなるような、むっちりしてまろやかなヒップに眼を奪われていると、健斗の懇願もむなしく、奥さんは後ろ姿を見せたまま、ショーツを穿いた。

黒い下着をつけた、白い肌の色っぽい軀が、ゾクゾクするほど悩ましく見えて、健斗のいきり勃っている欲棒がズキンとうずいて脈動した。

そのとき健斗はドキッとしてあわてた。奥さんがこちらを向いて、窓のほうに歩いてきたのだ。

気づかれた!——と思ってうろたえていると、そうではなかった。奥さんはうつむきかげんで窓辺にくると、健斗のほうに眼をくれずに窓を閉めカーテンを引いたのだ。

健斗はホッとして、大きく息を吐いた。

あわてたりうろたえたりしたにもかかわらず、初めて前方から見た奥さんの下着姿が眼に焼きついていた。

それも奥さんに向ける熱情のなせるわざだろう。ブラを押し上げている胸のふくらみの一部や、悩殺的なウエストラインから官能的にひろがる腰にフィットしたショーツの、下腹部分の妖しい盛り上がりなど、かなりの細部まで。

健斗はカーテンを閉め、デクスに向かうとパソコンの電源を入れた。ネットのアダルトサイトを開いて、まだ眼に生々しく焼きついている奥さんの下着姿や裸身を思い浮かべながら、ネットの熟女系のアダルトサイトを開いて見ていると、今夜は一回の自慰ではすみそうになかった。

4

その夜、綾瀬有希はアナウンサー時代の同僚、鳥飼《とりかい》美寿々《みすず》とフレンチレストランで会って、ワインとディナーを楽しみながら、おたがいの近況を報告し合っていた。

美寿々は有希より一つ年下で、有希が寿退社した二年後に結婚したがそのまま局アナをつづけ、三年後に離婚。それを機に会社を辞めてフリーになり、独身でいまも仕事をつづけている。

ふたりは気が合って、有希が結婚してからもときおり会っていた。

「話はちがうんだけど、じつは彼のことで有希さんに聞いてもらいたいことがあるの」

話題が途切れたところで、美寿々がいった。

「なに？」

「それが、彼とのセックスのことなんだけど……」

美寿々は事も無げにいった。それでも、どうやらワインの酔いがほどよくまわってくる頃合いを見計らっていたようだ。

美寿々の場合、この種の話をするからといって、べつにアルコールの力を借りる必要はない。シラフでも、もちろん相手によりけりだが、かなり明け透けに話すタイプだ。

ただ、なにかにつけてざっくばらんでさっぱりした性格のせいか、聞く側を不快にさせることはない。そればかりかセックスに関する話でも、さして抵抗なく聞けたりする。

少なくとも有希はそう思っていた。美寿々のそういうところは有希にはなく、そのせいもあるかもしれない。

「彼、あの歳で、アッチのほうがやたらに強いの。絶倫って感じ。だけどわたしって、アッチのほうはあまり好きなほうじゃないでしょ。だから困っちゃって……ていうか、彼がわたしと付き合ってるのは、わたしの軀とセックスだけが目的じゃないかって思えてきちゃって……」

美寿々はそういって、彼とのセックスの有り様まで、それも生々しく話した。

絶倫の彼は四十二歳で、不動産関連の事業を手広く展開している会社の、やり手の経営者だ。美寿々と同じく、バツイチの独身で、ふたりはあるパーティで出会ったらしい。

最初は彼のほうが美寿々に熱をあげたということだが、美寿々も満更でもなかったようだ。有希にけっこうのろけていた。

ふたりは付き合いはじめてまだ三カ月ほどだった。

美寿々がいうには、この間、ほぼ一日おきに逢ってそのたびにセックスしてきた。

その彼のセックスが問題で、まず一回の行為にかける時間が長い。一時間はふつうで、大抵それ以上かける。それも挿入してからが長く、体位をいろいろ変えながら延々つづける。

そのため、一度イクとあとはぐったりしてしまうタイプの美寿々は疲れ果て、彼女にとっては苦行でしかなくなる。

しかも行為は一回では終わらず、いつも二三回は行う。

「彼、絶倫だけじゃなくて遅漏なのよ。だからわたしのほうは気持ちよくなるところかクタクタになっちゃって、いつも勘弁してって感じ。そういう感じって、有希さんわかります？」

いきなり振られて、しかも話が話だけに有希は困惑した。

「わたし、そんな経験ないから……」

苦笑いして首を振っていうと、

「そうよね。ご主人、紳士ってタイプですもの。セックスだって、フツーなんでしょ？　あ、でも、フツーだとちょっと物足りないってこともあるみたいだけど、そのへん有希さんはどう？　満たされてるの？」

美寿々は真顔で訊く。有希はますます困惑して、

「ええ、まァ……それより美寿々は彼とのこと、どう思ってるの？」

と、話の矛先をかわした。

「セックス以外はとくに問題とかないんだけど、でもセックスのこと考えてたら、このところわたし、彼に対する気持ちが徐々に引けちゃって、どうしたらいいんだろうって悩んでるの。有希さん、どう思います？」

「そうね。正直いって、わたしからはどうなんていえないわ。だって、そういうことは、美寿々自身がどう考えるかってことですもの」

「たぶんそういわれるだろうと思ったけど、やっぱりそうね。歳を取るにつれて恋だの愛だのなんて夢みたいなことといってられなくなるけど、セックスだけの関係なんて殺伐としていやだし、まだ夢を見つづけようかしら」

美寿々は自嘲ぎみに笑っていった。

そのとき有希は衝動的に、セックスレスのことを美寿々に打ち明けようかと思った。〝妊活〟やそれがうまくいかなかったことは美寿々に話していたが、そのあとレスになったことは話していなかった。話せなかった。

だが、ここでも打ち明けることはできなかった。打ち明けたところでどうなるものでもないという、虚しい諦めの気持ちが起きてきたからだった。

このあと話題は変わったが、有希はほとんど上の空だった。夫とのことや、健斗のことが、頭から離れなくなっていた。

美寿々の悩みは、有希にとって皮肉というほかなかった。

あっちはセックスの頻度が多すぎるうえにそれにかける時間が長すぎるのをいやがっているのに対して、こっちはセックスレスで欲求不満が過飽和状態に達した結果、隣家の童貞とおぼしき息子に覗き見させているのだ。覗き見されることに強い刺戟を感じ、興奮して……。

それを考えると、明け透けなことを話す美寿々よりも自分のほうがはるかに淫らに思えて、有希は自己嫌悪をおぼえた。

帰宅すると、九時ちかくになっていた。

隣家の健斗の部屋から有希の家の玄関側は見えない。有希はリビングルームの照明を点けないで窓辺にいって、そっと健斗の部屋を見上げた。

かすかに明かりが見えた。パソコンのそれのような感じだ。わずかにカーテンが開いているのも見えた。

その部屋を見ながら、有希はリビングルームの照明を点けた。

——と、すぐに健斗の部屋の仄明かりが消えた。

帰宅するまでに、有希は気持ちが昂ってきていた。美寿々と会ったのが誘い水のようになって、淫らなことを考えていたからだった。

夫の帰りは早くて十時だが、そんなことは珍しく、真夜中になることのほうが多い。今夜は遅くなるといっていた。

有希は二階に上がって寝室に入った。カーテンは、一枚の窓の半分ほど開けたままにしていた。

暗がりのなかをナイトテーブルに歩み寄ると、スタンドの明かりを点けた。室内に艶かしいムードがひろがって、これでも充分、健斗からは寝室のなかが見えているはずだ。

覗かれているとわかっていて、脱衣しているところや下着姿や全裸の後ろ姿を健斗に見せてから、五日目だった。

この間、健斗に覗き見させたのは、初めてのときを含めて三回で、見せたのは三回とも最初と同様、下着姿と全裸の後ろ姿だけだった。

ただ、そのうち二回は最初の二日で、そのあと有希は焦らしてやろうと考え——そんなことを思いついたのには自分でも驚いたが、きっと異常なことをしているせいだろうと思って——二日つづいて覗き見させなかった。

ところが三日目になると、有希のほうが刺戟がほしくてたまらなくなって、窓もカーテンも開けたのだ。それが昨日のことだった。

今夜の有希は、これまでとはちがっていた。美寿々の話に刺戟を受けていたし、ワインに心地よく酔っていて、気持ちが昂っているだけでなく、いつになく開放的な気分にもなっていた。

クロゼットからバスローブと替えの下着を取り出してくると、有希はベッドのそばに立って美寿々とのディナーに着ていったツーピースの上着を脱いだ。

気持ちが昂って開放的な気分になっていても、覗いているに決まっている健斗のほうを向く勇気も大胆さもなかった。

それでも、健斗の視線を感じていると、軀が熱くなってふるえそうになるほど興奮していた。

カットソーを脱ぎ、ついでタイトスカート、さらにパンストを取った。

ブラとショーツだけになったとき、有希はカッと、それまでよりも軀が熱くなって実際にふるえた。

この夜、有希は珍しくセクシーな、というか露出度が高い下着を身につけていた。わずかにレース模様が入っているだけの、白いシースルーのブラとショーツだった。

そのため、乳房も下腹部のヘアも、そして尻の割れ目も透けて見えている。

それを食い入るように見て、ペニスがギンギンに勃っている健斗が脳裏に浮かび、有希も興奮を煽られて息苦しくなった。

さっきから熱くうずいてきている女芯がジュクッと音をたてる感じで脈動し、蜜があふれるのがわかった。

また軀がふるえて小さく喘ぐと、有希はうつむいた。すると頭が真っ白になって、自分でも思いがけない行動を取っていた。

――窓のほうを向いていたのだ。

健斗の針のような視線が、全身に、とりわけ乳房や下腹部に突き刺さってくるのを感じて軀がわななき、めまいに襲われた。

その瞬間、有希はかるく達していた。


健斗は興奮のあまり茫然としていた。

さっきから心臓が高鳴りっぱなしで、いまもそれがつづき、息が弾んでいた。

――まちがいない。奥さんは、俺が覗いてるのに気づいてて、見せようとしたんだ。

これまではそうではないかと思いつつも、あの美人で知的な感じの奥さんがそんなことをするはずがない、これは偶然覗き見できているだけだと、奥さんが覗きに気づいていて見せているのではないかという疑念を否定してきた健斗だった。

とりわけ昨日はそう思った。その前日と前々日、隣家の脱衣場や寝室に明かりが点いていても窓もカーテンも閉じられたままで、期待をはぐらかされてジリジリさせられたからだ。

ところが昨日はまた覗き見することができた。だから、たまたまだろうと思っていたのだ。

そして、問題の今夜だった。

今日、奥さんは外出していたらしく、九時ちかくになって帰宅した。

部屋の明かりを消してパソコンでアダルト動画を見ていた健斗は、隣家のリビングルームに明かりが点いたのに気づいて、あわててパソコンの電源を切った。

隣家の寝室の明かりは、ベッドのそばのスタンドのそれだった。

寝室の一枚の窓の半分ほどカーテンが開いていて、室内が見えた。

――と、そこに奥さんがバスローブのようなものを手にして現れ、おしゃれな大人の女を感じさせる洋服を脱ぎはじめた。

それをドキドキワクワクしながら覗いていた健斗は、下着姿になった奥さんを見て、とっくに勃っていたペニスがズキンとうずいてヒクついた。

奥さんがつけている下着は、白いシースルーで、ショーツ越しに尻のまるみと割れ目が透けて見えたのだ。

――てことは、前から見たら……お願いだ、こっちを向いてよ！

健斗は懇願した。だが奥さんにその気配はない。

――やっぱ、だめか。

諦めかけたそのとき、ドキッとした。奥さんがこっちを向いたのだ。

――すげえ！　見えてる……。

ブラを透かしてきれいな形をした乳房が、それにショーツ越しに意外に黒々とした下腹部の繁みが見えて、健斗は胸のなかでうわずった声をあげていた。

奥さんはうつむいているため、表情はわからなかったが、緊張しているように感じられた。

時間にして二三秒だっただろう。奥さんはバスローブをまとうと、健斗の視界から姿を消した。

――どう見たって、あれは俺に見せていたとしか思えない。

そのシーンを思い返して、健斗はあらためてそう確信した。いままでになく、強く――。

ここでようやく気づいた。いまもいきり勃ったままのペニスが、ヒクつくたびに流した先走り液で、パンツの前がべっとりしていることに。

だが健斗は、興奮さめやらないまま訝った。

――だけど、奥さん、どういうつもりなんだろう。覗き見されているとわかっていながら、どうして見せるんだろう。露出狂なんてことはもちろんないだろうし、なにか特別なわけでもあるんだろうか。

そんな疑念にとらわれているうち、健斗はまた眼を凝らした。

脱衣場に明かりが灯って、小窓が開いたのだ。

奥さんがバスローブを脱ぐのが見えた。

また、あの白いシースルーの下着をつけた、色っぽく熟れた裸身が現れて、健斗の分身がうずいて跳ねた。

奥さんが下着を取って、全裸になった。

健斗は思わず抱きつきたい衝動にかられた。ほとんど同時に息を呑んだ。まるで健斗の衝動を察したかのように、奥さんがこっちを向いたのだ。

また、形のいい、きれいな乳房と、黒々とした下腹部の繁みが見えた。

これまた一瞬だった。すぐに奥さんは軀の向きを変え、健斗に背中を向けて浴室に入っていった。

健斗はもう我慢できなかった。あわただしくチノパンを脱ぎ、ボクサーパンツを脱ぎ捨ててベッドに仰向けにひっくり返った。

そのまま、ティッシュペーパーを手にすると眼をつむり、瞼に焼きついている奥さんの裸身や乳房や陰毛を思い浮かべながら、手で怒張をしごいた。

5

さっきからじっと、有希は電話台の上の電話器を見つめていた。というより、強張った表情で睨んでいた。

それに胸が息苦しいほど高鳴りつづけていて、吐き気を催しそうだった。

すべて、異常な興奮と緊張のせいだった。

健斗に覗き見されて以来、有希は戸惑いうろたえながらも、自分でも信じられないほどその刺戟に感じてしまって、有希自身の気持ちも対応もエスカレートしてきた。

——こんなことをつづけていて、この先、一体どうなるのかしら。

ここにきて有希は、そんな思いが胸をよぎるようになってきていた。恐れや自責が入り混じっての思いだった。

ところが一昨日の夜だった。有希はあってはならない夢を見た。

それは、健斗を誘惑して、童貞の彼とセックスする、という夢だった。

夢から醒めて、有希は激しく動揺し、うろたえた。

隣のベッドでは、夫が熟睡していた。

一方で有希のほうは、夢の余韻がまだ生々しく尾を引いていた。

全身が快い気だるさにつつまれ、乳首がしこって勃ったままで、なにより硬い肉棒でこすりたてられた膣にはその感覚と甘美なうずきが残っていて、まるで失禁したかのように濡れていた。

有希は強い自責の念にかられた。同時にいままで以上に自分のことが淫らに思えて、いたたまれなかった。

それから一夜明けた昨日、一日中夢のことを考えていた。

夫がいる身でありながら、若い、たぶんまだ童貞だろう男の子を誘惑してセックスする。

どんな事情があれ、そんなことが許されるはずがない。

だけど、夢のなかの有希は、いまだかつてないほど興奮し、そのぶん快感がたまらなく高まって、それをよがり泣きながら貪った。

夢とはいえ、それは否定することができない事実だった。

自責や恐れにさいなまれながらも、有希の気持ちは徐々に夢で見たことのほうに引き込まれていって、気がつくと昂っていた。

それと一緒に、引き返すという考えは有希の頭から消えていた。そして、今日に至ったのだ。

平日の午後二時だった。

有希は送受器を取り上げた。恐ろしく緊張して、手がふるえそうだった。隣同士、固定電話の番号は知らせ合っていたので、わかっていた。

ボタンを押し終わると、呼び出し音が鳴りだした。その音が有希の心臓の鼓動と共鳴して、息苦しさが増した。

いま有希がしていることも、これからしようとしていることも、すべて夢に見たことだった。

それが夢のなかのようにいくかどうかはわからないが、そのとおりにしてみようと有希は思っていた。

呼び出し音を聞いているうちに、有希はふと思った。

——まだ、いまならやめられる。

そのとき、相手の送受器が上がった。

「はい。吉岡です」

ちょっとぶっきらぼうな感じの、健斗とおぼしき声がいった。

「健斗くん?」

有希は訊いた。

「え? そうですけど……」

「わたし、隣の綾瀬です」

「エッ、綾瀬さん……」

驚いた声でいったきり、健斗は黙っている。それが狼狽を物語っていた。

「健斗くん、わたしがどうして電話したか、よくわかってるでしょ」

「え? どういうことですか」

「そうね、とぼけるしかないわよね」

「……」

「じゃあ、わたしからいうわ。どうして電話したかっていうと、わたしと健斗くん、絶対だれにもいえない秘密を共有してるからよ。そうでしょ」

「……秘密を、共有ですか」

健斗が確認するように訊き返す。まだ声にうろたえている感じがあった。

「そうよ。それも共犯者同士みたいな秘密。ちがう?」

「いえ、そうです」

健斗はようやく覗きを認めた。

「それで健斗くんと会って話したいの。健斗くんもそうしたいでしょ」

「え、ええ。あ、でもちょっと恥ずかしいです」

戸惑っている。

「恥ずかしいのは、わたしも一緒よ。ね、これからうちにこられる?」

「ええ、いけます」

「じゃあきて。でも、ご近所の眼があるから、健斗くんちとうちの塀を乗り越えてきて。健斗くんなら大丈夫でしょ」

「はい」

健斗の返事は弾んでいた。

——マジかよ。一体どうなってんだ? 話があるなんていってたけど、いったら覗きのことで締め上げられるんじゃないか。でも、秘密を共有してるとか共犯者とかいってたから、そうじゃないのかも……どっちにしても、こうなったらいくしかない。

思いがけないことになって、健斗は当惑しながら覚悟を決め、隣家との境の塀に向かった。

塀は、一メートル五十センチほどブロックを積んだ上に五十センチほどのアルミのフェンスが乗っていて、高さが二メートルちかくあった。

それでも乗り越えることはできた。健斗が隣家の庭に降り立つと、「こっちよ」と声がかかった。

奥さんがドアを開けて待っていた。勝手口のドアらしかった。

健斗は奥さんに招じ入れられて、隣家に入った。緊張しきっていた。

奥さんはロングヘアを束ねて胸側に垂らし、上にブランドものらしい長袖のポロシャツを着て、下に膝丈のタイトスカートを穿いていた。

奥さんのあとについていきながら健斗は、すでに覗き見て知っている奥さんの尻と、眼の前のタイトスカートにつつまれた、形のいい、むちっとしたヒップを重ね合わせて見て、ドキドキしていた。

リビングルームらしき部屋に案内され、ソファをすすめられて腰を下ろすと、

「飲み物はなにがいいかしら」

奥さんが笑みを浮かべて訊いた。

「すみません。スポーツドリンクみたいなものがあったら、いただきます」

健斗はもう喉が渇いていた。

「ちょっと待ってて」

そういいおいて、奥さんはその場を離れた。

健斗が部屋のなかを見まわしていると、ほどなく奥さんがもどってきた。トレーに二つのグラスを載せていた。

グラスをテーブルの上に置くと、奥さんはL字状のソファの健斗の斜め前に座って、「どうぞ」と飲み物をすすめた。

「いただきます」

健斗はすぐに飲み物を口にして、喉を潤した。

奥さんも喉が渇いているのか、健斗と同じように飲んだ。

チラッと奥さんの顔を見て、健斗は思った。

――なんだか、奥さんも緊張してるようだ。表情が硬い……。

ふたりの間に沈黙が降りた。健斗はうつむいていた。さっき、一瞬奥さんの顔を盗み見ただけで、まともに見ることはできなかった。

「健斗くん、女性の経験はあるの?」

唐突に奥さんが訊いてきた。やさしい声音だった。

「いえ、まだ……」

健斗は正直に答えた。

「だから、女性の軀に興味があって、覗き見なんてしたの？」

「いや、それはあの、ちょっとちがうんですけど、覗いたこと、すみません」

健斗はしどろもどろになって、ペコンと頭を下げて謝った。

「ちがうって、どういうこと？」

相変わらず、奥さんの声はやさしい。それにつられて健斗は本当のことをいった。

「最初から覗くつもりだったわけじゃないんです。たまたま、風呂上がりの奥さんが見えて、それで……ただ、その前からぼく、奥さんのこと、好きだったんです。今年の夏、このときもたまたまだったんですけど、奥さんが庭で植木に水やりしてるとこ見て、すごく色っぽいと思って……だから、いけないと思っても覗きがやめられなくなってしまって、ホントにすみません」

「謝ることはないわ。わたし、健斗くんを非難したり責めたりしてるんじゃないの」

健斗は顔を上げて奥さんを見た。奥さんは微笑んでいた。

「それより、そうだったの。よく正直に話してくれたわね。覗かれてるとわかったとき、わたしも最初、健斗くんはそんなことをする子じゃないと思って、信じられなかったのよ。でもそんな健斗くんだったからなの。わたし、健斗くんなら覗き見させてあげてもいいって、自分でも信じられないことを思うようになっちゃって、そういえば、健斗くんもわかるでしょ。わたしがそうしてたこと」

「ええ。ぼくも信じられなかったです。奥さんがそんなことするなんて、あ、すみません、へんなこといっちゃって」

「いいのよ、謝らなくて。わたしたち、共犯者ですもの」

奥さんは妖しい笑みを浮かべていうと、飲み物を口にした。

健斗はグラスを持ち上げて飲み干した。緊張は解けていたが、相変わらず喉が渇いていた。

「ね、健斗くん、わたしたちのこの秘密、絶対にだれにもいわないって約束できる？」

奥さんが急に真剣な顔つきになって訊いてきた。

健斗は真顔で強くうなずき返した。

「じゃあ、こっちにきて」

そういうと奥さんは立ち上がった。どこか思い詰めたような、それでいて艶かしい表情をしていた。

そんな奥さんに魅入られて操られるように、健斗もソファから立った。

6

そこは、シングルベッドとチェストが置いてあるだけの、有希の家の客室だった。

その部屋の真ん中に、有希は健斗と向き合って立った。

「いままでは健斗くんだけが見てたんだから、こんどは健斗くんがみんな脱いでわたしに見せて。いいでしょ」

身長百六十センチの有希より二十センチちかく高い健斗を見上げて、色っぽく笑いかけていうと、彼は緊張しきった表情のまま、うなずいた。

そのようすが、どこか教師に説教されて、それを素直に聞いている生徒のように感じられて、有希はふとおかしくなった。

そして、そのことに戸惑った。有希自身も緊張していて、そもそもおかしくなるような状況ではなかった。

ただ、戸惑ったものの、それで緊張がいくらか解けた。

ところが有希は息を呑んで眼を見張っていた。

トレーナーを脱いだ健斗の、裸の上半身を見てのことだった。

筋肉質の逞しい上半身は、胸筋がみごとに盛り上がり、腹部は引き締まって割れ、段々状に瘤が浮いている。

それ見た瞬間、ズキッと女芯がうずいて軀がふるえ、喘ぎそうになった。

その腹筋からつづく下腹部のペニス——というより男根といったほうがふさわしいそれが、不意に脳裏に浮かんだのだ。

つづいて健斗はチノパンを脱いだ。

すると、臙脂《えんじ》色のボクサーパンツが現れて、露骨に盛り上がっているその前が、またしても有希をうろたえさせた。

「全部、脱ぐんですか」

健斗が困惑したようすで訊く。

「そうよ。健斗くんだって、わたしの裸、見たでしょ」

刺戟され性感をかきたてられて戸惑い、うろたえていることなど、まったくないかのように、有希は平静を装っていった。

「恥ずかしいな……」

健斗は照れ臭そうにいうと、ボクサーパンツを下ろした。

「あッ――！」

思わず有希は声を発した。同時にまた、軀がふるえた。

茶褐色の肉棒のようなペニスが生々しく弾んで露出したのだ。

だが健斗がすぐに両手でそれを隠した。

「手をどけて、ちゃんと見せて」

有希はいった。声がうわずっていた。

健斗は黙っていわれたとおりにした。

有希は肉棒に眼を奪われた。

それは、まだ完全に勃起している状態ではなかった。強張っているという程度だった。それでも、太さも長さも明らかに標準サイズを上回っているために、有希を圧倒する迫力があった。

とても童貞のそれとは思えないそれを凝視していた有希は、そのとき驚いて、また喘ぎそうになった。

肉棒が、みるみる勃起してきたのだ。

「すごいッ。健斗くん、見られて感じちゃったの？」

「あ、いや、ちょっと……」

健斗はあわてていった。うつむいている顔を赤らめ、うろたえた表情を浮かべている。

それを見て有希は、自分でも思いがけず悪戯心が出てきた。

「いけない子ね。わたしに見られただけで硬くなっちゃうなんて」

「す、すみません」

「正直にいって。わたしのこと覗き見してるとき、健斗くんのペニス、どうなっていたの？」

「え？……あ、勃ってました」

「いまと同じくらい？」

「いえ、もっと……」

「もっとって、どれくらいか見てみたいわ。いまもそうなるかしら」

思わせぶりにいうと、有希は健斗を見ながらポロシャツに手をかけた。

有希が脱ごうとしているのがわかったらしく、うつむいたままの健斗の顔が色めくのが見て取れた。

有希のほうは、緊張や興奮、それに自責の念や罪悪感など、いろいろな感情や気持ちが入り混じった、異様な精神状態に陥っていた。

さらに、自分であって自分ではないような、そして現実とはちがう別世界にいるかのような心理状態にもあった。

健斗の顔とペニスのようすを見ながら、着ているものを脱いでいった有希は、その反応に刺戟を受け興奮を煽られていた。

健斗は有希と視線を合わせないようにして見ていたが、有希には彼の心理状態が手に取るようにわかった。

肉棒が正直すぎるほどの反応を見せ、ますます勃起してきて、有希がブラを外したいまやギンギンにいきり勃っているのだ。

「わたしを覗き見てるとき、そんなになってたの？」

「はい」

健斗はうわずった声で答えた。有希が両腕を下ろして見せている乳房を食い入るように凝視している顔は、かわいそうなほど興奮しきっている。

「でもじゃあ、このままではすまなかったんじゃない？　どうしてたの」

「それは……自分で……」

いいにくそうに口ごもる。

「マスターベーションしてたの？」

うなずく。

有希はそっと健斗に軀を合わせた。

健斗がドキッとしたのが軀から伝わってきた。

有希のほうは、いきり勃っている肉棒が腹部に突き当たって軀がふるえ、「ああ」と喘いだ。

「健斗くん、初めての経験、わたしとしたいの。ていうか、わたしとでもいいの？」

有希は健斗の背中に両手をまわして訊いた。腹部に当たっている肉棒の感触で声がうわずり、ひとりでに腰がうごめいてしまう。

「全然いいです、奥さんとしたいです」

健斗は気負って答えた。

「奥さんなんて、いわないで。よけいにいけないことをしてる気持ちになっちゃうでしょ。名前で呼んで。わたしの名前、知ってる?」

有希は、盛り上がっている胸筋に、火照っている頬を当てたままいった。

「知ってます」

「じゃあ呼んでみて」

「有希さん」

「そう。それでいいわ」

そういうと有希は健斗の手を取り、ベッドに誘った。

有希の胸はこれまで以上に高鳴っていた。

夢のなかで有希は、童貞の健斗に信じられないようなはしたないことをいったり、淫らなことをさせたりしたのだ。

それと同じことをするかどうするか、まだ迷っていた。

7

有希さんはベッドに仰向けに寝た。

その足元に、健斗は畏まったように正座した。

有希さんは顔を少しそむけて、両腕を軀の横に置いている。そのため、乳房があらわになっている。

そうやって、健斗に見せているようだ。

ふっくらと形よく盛り上がっている乳房を見て欲情を煽られながら、健斗は思った。

——見られて感じているのかも……。

その証拠に、乳房が息苦しそうにゆっくり上下し、そむけている顔が妙に強張っている。

それは、女の経験がない健斗から見ても、興奮しているとしか思えない表情だった。

有希さんは、まだショーツをつけている。ブラと同じ、淡いピンク色のショーツだった。

その下腹部の盛り上がりが、反り返るほど勃っている健斗の欲棒を、いやでもうずかせてヒクつかせる。

こうして目の前にしている有希さんの裸身は、見ているだけでふるえがきそうなほど色っぽい。

それでいて、経験のない健斗はどうしていいかわからず、そのために怯んでいた。

するとそのとき、有希さんが腰をくねらせた。

「ね、脱がせて」

「あ、はい！」

声が弾んだ。健斗はすぐに奥さんの腰の横のあたりにいくと、恐る恐るショーツに両手をかけた。心臓が奥さんに聞こえるのではないかと思うほど高鳴っていた。

おずおずとした手つきでショーツを下ろしていくと、有希さんが腰を浮かせて脱がせやすくしてくれた。健斗がショーツを取り去ると、

「見たい？」

と、訊いてきた。

どういうことか、訊くまでもなかった。

「はい」

と、健斗は思わず前のめりに答えた。

「じゃあ、いいわ。自分から見せるなんて恥ずかしくたまらないけど、健斗くん

初めてだから、見せてあげる」

そういうと、有希さんはすらりとした脚をそろえて膝を立て、ゆっくり開いていく。

それにつられるようににじり寄った健斗の前に、有希さんの秘密があらわになった。

健斗はそこを覗き込んだ。強烈な刺戟と興奮で、頭が真っ白になっていた。

ヘアは黒々として艶があり、密生している。ただ、毛足がさほど長くないのと逆三角形の形に整えられているため、ボーボーとした感じやだらしなさはない。むしろ、きれいな奥さんの下腹部にこんな黒々としたものが……そう思うと欲情をそそられる。

それは、ヘアの下に露呈している肉びらにもいえることだった。

その肉びらは、薄い赤褐色をして、めくれた唇が合わさったような形状をしている。唇には微妙に皺が入っているが、形状に崩れはない。

ただ、めくれた唇に似た感じがいやらしく見えて、美人で上品な奥さんのイメージとはちがう。そこがゾクゾクするほど煽情的で、欲情させるのだ。

女はまだ未経験の健斗だが、アダルト動画を通して女の軀や性器もかなり見知っていた。

それでも相手が有希さんとなると、まったくべつだった。興奮と欲情のあまり、怒張が繰り返しうずいてヒクつき、先走り液がにじんできているのがわかった。

「健斗くん、いまの若者だから、経験はなくてもセックスの知識だけはいろいろ持ってるんでしょ」

有希さんが腰をもじつかせながら、どこかたまらなくなったような表情と声の感じで訊く。

「ええ、ある程度は……」

「だったら、健斗くんの好きにしていいわよ」

「わかりました。じゃあ……」

健斗は神妙な気持ちになって、といってもそれ以上に興奮して有希さんの肉びらに手を触れた。

その生々しい感触に、手がふるえそうになりながら、そっと肉びらを分けた。

「アッ――！」

同時に有希さんが驚いたような声を発したので健斗も驚き、なにかまずいことでもしたのかと気にして有希さんを見た。

気にする必要はなかった。肉びらを開かれて声が出ただけのようだ。それに、それで感じたのかもしれない。有希さんは興奮した表情で健斗のほうを見ていた。

健斗は視線を有希さんの股間にもどした。

ぱっくりと開いた肉びらの間に、じっとり濡れたピンク色の粘膜があらわになっている。微妙にからまったような粘膜が、まるでイキモノのように収縮したり弛緩したりしている。

「アアッ……ううん、だめッ」

有希さんが悩ましい声でいって腰をくねらせた。焦れったそうな口調ともどかしそうな腰つきだ。

健斗は肉びらを開いている両手をそのまま上方に滑らせて、割れ目の上端を押し上げた。包皮がめくれて、肉芽が顔を出した。それはもういくぶん膨れあがっている感じだった。

健斗は舌を出すと、その肉芽をぺろりと舐め上げた。

「アアッ！」

有希さんがふるえをおびた声を発してのけぞった。

——感じている！

そう思った健斗は、そのまま肉芽を舐めまわした。

すぐに有希さんが泣くような喘ぎ声を洩らしはじめた。

それに健斗は興奮を煽られ、気をよくして夢中になって舌を使った。

「そう、そこ、いいッ」

「アアいいッ。健斗くん、上手よッ、いいわッ」

荒い息づかいと、これがよがり泣きというのだろう、感じた泣き声に混じって、たまらなさそうにいう有希さんの声が健斗の耳に届いた。

夢中になるあまり、どのくらい舐めつづけているかわからなかった。

そのとき、「アアだめッ、もうだめッ」というひどく切迫した声を聞いたつぎの瞬間、有希さんが弾かれたようにのけぞったのがわかった。

「アーッ、イクッ、イクイクーッ！」

有希さんの感じ入ったような声と一緒に腰が律動した。

やがて静まると、健斗は、なんだか嵐のようなものが過ぎ去ったような感じを受けた。

だが健斗の気持ちはさらに昂って、高揚していた。初めて経験したクンニリングスで年上の有希さんをイカせることができたからで、その喜びと征服感が一緒になった昂りであり気持ちの高揚だった。

その生々しい証が、まだ両手で肉びらを開いたままにしている健斗の前に露呈していた。

健斗が舐めまわしていた肉芽は膨れあがって、まるで息づいているようだ。実際、その下の微妙に柔襞が重なり合っている女芯は息づいている。喘ぐように収縮と弛緩を繰り返しているのだ。

健斗はゆっくり顔を上げて、有希さんを見やった。

有希さんは、興奮さめやらないような、健斗が見たことのない凄艶な表情を浮かべて、息を弾ませていた。それに合わせて胸が大きく上下している。

そのとき、有希さんが健斗に気づいて、ふたりの視線が合った。

「わたし、童貞の健斗くんにイカされちゃったのね」

当惑と自嘲が入り混じったような笑いと口調でいうと、有希さんは『きて』というように健斗に両手を差し出した。

健斗はドキドキハラハラしながら、有希さんに軀を重ねていった。——と、初めて女体を感じたとたんに舞い上がってしまった。

「健斗くん、すごく緊張してるみたい。緊張しないでというほうが無理でしょうし、こんどはわたしがクンニのお返しをしてあげなければいけないところだけど、そんなことをしてたら、健斗くん我慢できなくなっちゃうんじゃない？」

有希さんが耳元で囁くようにいう。

舞い上がっていても健斗は、いわれている意味はわかった。有希さんのいうとおりだった。

有希さんは囁いているときも、そしていまも軀をくねらせて乳房や太腿を健斗の胸に押しつけてくる。

「ええ。そんな感じです」

健斗は怯えて答えた。

「そう。じゃあ初体験してみる？」

「はい。お願いします」

有希さんがぷっと吹き出した。

「わたしの訊き方もちょっとへんだったけど、それよりも健斗くんの返事、なんだか体育会系みたい」

おかしそうにいわれて健斗が苦笑いすると、

「焦らないで、ゆっくりでいいのよ」

有希さんは真剣な表情になっていって、両手で健斗の肩をそっと押しやった。

健斗は、両膝を立てて開いた有希さんの秘苑を前にひざまずくと、いきり勃っている欲棒を手にした。

なんどとなく想像し願望した瞬間だった。頭が真っ白になっていた。

健斗は、欲棒の先を濡れ光っている肉びらの間に押しつけると、そこをまさぐった。

すぐに柔襞がうごめいていた女芯を探り当てられるだろうという予想に反して、まったくその感触がない。健斗は焦りまくった。

「もう少し下……落ち着いて」

有希さんがやさしくいって、わずかに腰を浮かせた。

すると、ヌルッと欲棒が滑り込んだ。

「アアッ……入った。もっと入ってきて」

うわずった声で有希さんにいわれるまま、健斗はゆっくり押し入った。

ヌルーッと、欲棒が熱をおびたぬかるみの奥深く侵入した。

「アーッ、いいッ！」

有希さんがのけぞって感じ入ったような声をあげた。

「健斗くん、初めての経験、どんな感じ？」

「ゾクゾクして、メッチャ気持ちいいっす」

声がうわずってふるえた。

「ね、動いてみて」

「あ、でも、すぐ我慢できなくなっちゃいそうです」

健斗は怯えていった。欲棒の根元あたりまで、たまらない快感のうずきが押し寄せてきていた。

「初めてですもの、仕方ないわ。かまわないから、健斗くんの好きに動いて」

健斗は恐る恐る腰を使った。

秘めやかな粘膜で、欲棒がくすぐられる。たまらない。

「有希さん、もうだめです！」

健斗は悲鳴のような声で訴えた。これ以上ピストン運動したらすぐに射精してしまう恐れに襲われながら、それに反して腰の動きが速くなってしまう。

「アアッ、健斗くんいいわッ、いいわよッ」

有希さんの声を聞いたとたん、我慢の糸が切れた。

「だめッ、出る！」

いうなり健斗は射精した。女芯に欲棒をグイグイ押しつけながら、たてつづけに快感液を発射した。

第二章　止まらぬ欲情

1

昨日今日と、有希にとって携帯電話がたまらなく悩ましいものになっていた。

一昨日、健斗と関係を持ってしまったあとで、彼とおたがいの携帯の番号を交換したのだ。

その翌日の昨日、午前九時ごろだった。夫が出勤して有希がひとりになるのを待っていたかのように、健斗から有希の携帯に電話がかかってきた。

おはよう、と弾んだ声でいって、

「今日、いっていい？」

と訊いてきた。

有希は困惑した。前日、健斗が帰ってひとりになると、取り返しのつかないあやまちを犯してしまった、夫にどんなに謝っても許されないことを……と、絶望的な後悔と罪悪感に襲われて、それがつづいていたからだった。

「そんな、つづけてなんてだめよ」

有希は苦し紛れにいった。

「じゃあ明日ならいい？」

すかさず訊かれて答えに窮した。あわてて考えてからいった。

「明日は予定があるの」

「どんな？　一日中かかっちゃうの？」

健斗はたてつづけに訊く。

その口調から、なんとしても逢いたがっている、というより有希と逢ってセックスしたがっている強い意気込みが伝わってきて、それに気圧《けお》されて有希はいった。

「一日中かかるってわけじゃなくて、相手の都合で、午前中ですむかも……」

「ならそのとき、有希さん電話してよ」

健斗が気負っていった。

「……わかったわ」

「絶対だよ。待ってるからね」

有無をいわせない健斗の口調に、有希は話の矛先をそらした。

「それより健斗くん、学校のほうはどうなの？　前にお母さん、心配してらしたわよ。ちゃんといかなきゃだめよ。わたしとこんなことになってよけいにいかなくなったりしたら、わたしの責任てことになって、わたし、健斗くんともう逢えないわよ」

「そんな、いってるよ。たまたま、今日と明日は午後の講義がないんだ」

──都合のいいことを……言い訳に決まってる。

有希はそう思いながらいった。

「じゃあ約束して。これからはちゃんと学校にいくって」

「わかった。約束するから、有希さんも絶対に電話してよ」

「……ええ」

仕方なく、有希はそう応えた。

いちど関係を持っただけで、健斗は有希に対して友達か恋人かのような口のきき方をするようになった。実際、初体験したことで、ウブな十九歳はそう思い込んでいるのだろう。

ただ、有希は思った。その初体験が、一回だけの行為で終わっていたら、ちがっていたかもしれない。

あのとき、健斗はあっけなく果てた。ところがペニスは、そのあともほとんど勃起したままの状態だった。

それを見て、有希は軀がざわめいた。不完全燃焼のうずきに火が点いたのだ。

「すごいわ。健斗くんの、硬くなったままよ」

ふるえ声でいうと、健斗の怒張を手にしていた。

「もう一度、できそう？」

健斗の興奮した表情の顔に喜色が浮かび、縦に強く振れた。

「こんどは、わたしが上になっていい？」

喜色が神妙な色にかわって、健斗はまたうなずいた。

有希は健斗を仰向けに寝かせると、突き立っている肉棒にまたがった。そしてそれを手にすると、ゾクゾクしながら亀頭をクレバスにこすりつけた。

身ぶるいする快感に欲情を煽られてそれを膣に入れ、ゆっくり腰を落としていったとき、めまいに襲われて、それだけでかるく達してしまった。

そこからあとのことは、思い出すとそれまでのことも充分そうなのだが、自己嫌悪に陥ってしまう。

というのも、そのときの有希は、まるでさかりのついた動物の牝同然だったからだ。

そんなことはこれまでなかった。そして、若い健斗の肉棒を貪欲に味わって何度も達したのだった。

そんなようすを見れば、初体験の健斗でも、男として征服欲を満たされたはずで、それがそのあとからの有希に対する口のきき方になっているにちがいなかった。

それは、有希にもいえることだった。

その二回目の行為がなかったら、おそらく、魔が差したようなあやまちだったという思いが生まれて、後悔して反省し、自制心を働かせる可能性もあったはずだ。

ところが、そうはならなかった。

絶望的な後悔と罪悪感にさいなまれながらも、二回目の行為の、いままでにないほどのセックスの快感と歓びは、それを凌駕するものだった。

それどころかそのときの快感と歓びは、有希の軀ばかりか気持ちにまで深く染み込んでしまっていた。

有希の気持ちとしては、昨日の朝、健斗から電話がかかってくる前から、できればこの日も健斗と逢いたかった。

だけど、昨日の今日ではあまりにも物欲しそうで、健斗にも本心が見透かされてしまう。そんな恥ずかしいことはできない。

そう考えて、逢いたいけど今日は我慢しようと思っていたのだ。

とはいえ、じゃあそのあとはどうしよう、というところまでは考えていなかった。

そんなとき健斗から電話がかかってきたため、有希の対応はぎくしゃくしたものになってしまった。

そして、結果的に翌日——つまり、今日逢うという約束をすることになったのだった。

そのとき、有希が健斗にいった予定のことは、出まかせではなかった。

デパートの好きなブランドショップから、取り寄せの洋服が入ったという連絡がきて、取りにいくことになっていた。

もっとも、べつに今日いかなければいけないわけではなかったが、健斗にそういった手前、有希はそうすることにした。

ただ、あのとき計らずも、有希の本心が出てしまった。

予定は一日中かかるの？　と訊かれてつい、午前中ですむかもしれないといったのが、それだった。

その用をすませて帰宅すると、午後一時をまわっていた。

ブランドショップで洋服を受け取ったあと、デパートの上階にあるレストランで少し早い昼食をすませ、ついでに地下に下りて食料品を買って帰ってきたからだった。

その間も、健斗とのことが頭から離れなかった。それに、胸のときめきがつづいていた。

そんな自分を、有希は淫らで罪深いと思い、自己嫌悪にかられた。

それでも健斗のことを頭から追い払うことも、ときめきを抑えることもできなかった。

携帯電話を手にしたまま、有希は逡巡していた。

罪悪感にさいなまれる一方、一昨日のセックスが生々しく脳裏に浮かび、軀が熱くなっていた。

そのとき着信音が鳴って、ドキッとした。

――健斗からだった。

有希はドキドキしながら受信ボタンを押した。

「はい」

「車が帰ってきたの、見たんだ。これからいってもいい？」

健斗が弾んだ声で訊いてきた。

――たまたま見たみたいな言い方だけど、見張っていたにちがいない。

有希はそう思いながら、

「ええ」

と、答えた。胸の高鳴りのせいで、声がかすれた。

2

一昨日と同じように、勝手口で待ち受けていた有希さんのあとについて、健斗は綾瀬家に入った。

健斗と顔を合わせたとき、有希さんは強張った顔をしていた。

一瞬、健斗は怒っているのかと思って怯んだ。だがふと、一昨日有希さんが興奮しているときの顔が頭に浮かんで、そうじゃないと思い直してホッとした。

と同時に、有希さんも興奮してるんだと思った。有希さんも、というのは、健斗自身、早くも欲棒が充血してきていたからだった。

外出からもどったばかりの有希さんは、いかにも上品でおしゃれな奥さんという感じのツーピースをきていた。

そのうしろについていっていると、タイトスカートの、形よくむちっとしているヒップにいやでも眼を奪われて、欲棒が一気に強張ってきた。

有希さんは、先日の客室に健斗を連れて入った。

「健斗くん、こんなことをしちゃあいけないってこと、あなただってよくわかってるでしょ」

健斗に背を向けてうつむいたまま、有希さんがどこか苦しそうにいった。

わかってると答えたら、だったら帰ってといわれるのではないかと思って健斗が返事に窮していると、

「だから、絶対にだれにも知られないように注意して、無茶なことをしないこと。いい？」

健斗の暴走をたしなめるようにいって、念押しする。

「わかった」

健斗が神妙に答えると、くるりと有希さんが向き直り、抱きついてきた。健斗も抱き返した。

有希さんが喘いで健斗を見上げた。いくらか表情が和らいで、ドキドキするほど艶かしい。

健斗は当惑した。有希さんが眼をつむったのだ。

まだ有希さんとキスはしていなかった。キス自体、健斗は未経験だった。

それでも有希さんがキスを待っているのはわかった。きれいな睫毛がふるふるふるえ、ピンク色のルージュを引いた花びらのような唇が健斗を誘っていた。

思いきって健斗は唇を合わせた。が、それ以上どうしていいかわからない。

有希さんが甘い鼻声を洩らしてわずかに唇を開いた。

それに誘われるように健斗は舌を出し、舞い上がるほど気持ちのいい柔らかい唇の間に、おずおず差し入れた。

すると、有希さんのほうからねっとりと舌をからめてきた。それに合わせて健斗も舌をからめていった。

「うふん……ううん……」

有希さんが悩ましい鼻声を洩らす。

それだけではない。腰を微妙にくねらせて、キスをしはじめていきり勃った健斗の欲棒に、腹部をこすりつけてきている。

それに、ふたりのからみ合う舌の動きも熱をおびていた。

やがて有希さんのほうが唇を離した。興奮しきったような表情で息を弾ませている。

「脱いで」

喘ぐようにいうと、有希さんは自分で着ているものを脱ぎはじめた。健斗も手早く脱いでいった。

ふたりとも、ショーツとボクサーパンツだけになった。

健斗の黒いパンツの前は、露骨に突き上がっていた。

それを、有希さんが燃えるような眼つきで見ていた。

すると、まるでそれに引きつけられたようにひざまずき、パンツに両手をかけた。

目の前の露骨な突起を、興奮が貼りついたような表情で凝視したまま、ゆっくりパンツを下げていく。

ブルンッと大きく、生々しく弾んで肉棒が露出すると同時に、

「アアッ――！」

有希さんは昂った喘ぎ声を洩らした。

「ああ、すごい……」

健斗は啞然とした。有希さんが頰ずりしながら、うっとりしてうわごとのようにいうのだ。

「健斗くん、こんないやらしいわたし、軽蔑するでしょ」

有希さんが健斗を見上げて訊く。

健斗は思わず強くかぶりを振った。

啞然としたのは一瞬のことで、それより興奮を煽られていて、とっさに返す言葉がなかったのだ。

「いいのよ、軽蔑していやになってても。そうしたら、いけないこと、しなくてすむから」

有希さんは自嘲ぎみに、それに投げやりな感じでいうと、怒張に舌をからめてきた。

ゾクッとして、健斗はいった。

「いやになんかならないよ。それより俺、有希さんのこと、ますます好きになっちゃうよ」

健斗のうわずった声が聞こえているのかどうか、有希さんは夢中になって肉棒を舐めまわしている。

有希さんにフェラチオしてもらうのは、初めてだった。それどころか健斗にとって、フェラチオ自体、初体験だった。

それだけに興奮のあまり、ほとんど舞い上がっていた。

有希さんは肉棒を舐めまわすだけでなく、咥《くわ》えてしごいている。

それを見下ろしながら健斗は、初体験したあとに考えたのと同じようなことを思った。

——有希さん、ダンナさんとはどうしてるんだろう。セックス、してないんだろうか。もししてないとしたら、欲求不満になってて、俺とこんなことになったのも、そのせいかもしれない……。

そのとき、有希さんがせつなそうな鼻声を洩らした。

「健斗くん、我慢できなくなっちゃった？」

肉棒から口を離して訊く。

ゾクゾクする快感に襲われて怒張がヒクついていたので、暴発が心配になったようだ。

「全然、平気……」

健斗は笑って答えた。

初体験のときは余裕がなく、そのぶん我慢がきかなかったが、いまはマスターベーションで鍛えた、ペニスへの刺戟に対する忍耐力が活きて、まだ充分余裕があった。

「初体験したばかりなのに、全然なんてすごいわね」

頼もしそうにいわれて気をよくしていると、

「ね、こんどはわたしを気持ちよくしてくれる？」

有希さんが気恥ずかしそうな、それでいて艶かしくも見える笑みを浮かべていうと、立ち上がった。

有希さんはベッドに腰かけると、両手を後方についた。

その格好を見て、有希さんがどんな行為を求めているか、健斗はすぐに察してその前にひざまずいた。

有希さんの両脚を抱え上げると、大股開きの格好にして足をベッドに乗せさせた。

自分から求めたといってもさすがに恥ずかしいらしく、有希さんは火照ったような顔をそむけている。

それに健斗の視線を感じてだろう。手を触れると吸いつきそうな白い内腿がピクピク痙攣している。

穿いているショーツは、真紅の総レースだ。それに覆われている股間のふくらみが、健斗の怒張をうずかせる。

そのふくらみに、健斗は指を這わせた。レース越しにその下に潜んでいる割れ目を指先でなぞりながら、

「ここ、見ていい?」

と、訊いてみた。

「見たいの?」

有希さんが腰をもじつかせながら、うわずった声で訊く。

そむけたままの顔の、興奮したようすがますます強まっている感じだ。

「うん、見たい」

と、健斗は答えた。

「じゃあ見せてあげる」

健斗はショーツの股の部分に指をかけると、そっと横にずらした。

「あッ——！」

有希さんが短い声を洩らして腰をヒクつかせた。

「すげえ！　有希さんのここ、もうビショビショだよ」

健斗は興奮の声をあげた。

露出した秘苑は、肉びらの周辺までジトッと蜜にまみれている。

「いやらしい？」

有希さんが訊く。

なぜか、いやらしいといわれたがっているような訊き方だ。

「いやらしいよ。でも、このいやらしい感じ、すげえ刺戟的で、興奮しちゃうよ」

「ああん、健斗くんたら……」

有希さんは健斗を色っぽく睨み、軀をくねらせて甘ったるい声でいうと、

「ね、脱がせて」

と求める。

健斗はショーツを脱がすと、ふたたび有希さんの両脚を大股開きの格好にした。ついで、両手で肉びらを分けた。

有希さんがふるえをおびた声を洩らし、割れ目があらわになった。

開口した肉びらの上端の肉芽が、包皮から半分顔を出している。両手で押し上げるようにして肉芽を露出させると、健斗はそれをぺろりと舐めあげた。

「アアッ!」

有希さんが鋭い喘ぎ声を放ってのけぞった。

3

健斗の舌が、過敏なクリトリスを舐めまわす。

たまらない快感がわきあがり、ひろがって、有希は否応なしに頂きに向かって追いたてられていく。

しかも健斗の舌の動きは、一心不乱という感じで、そのうえ情熱的だ。それに圧倒されて、できるだけイクのを我慢して快感を味わいたいという気持ちは早々に挫かれてしまう。

きれぎれに感泣していた有希は、もうこらえがきかなくなった。

「アアッ、もうだめッ、健斗くん、だめよッ、イッちゃう！」

切羽詰まった泣き声で訴えてのけぞった。

「イクッ、イクイクイクイクーッ！」

めくるめくオルガスムスの快感とふるえに襲われながら、よがり泣いた。

絶頂の余韻に酔うまもなく、健斗は有希の軀をベッドに上げると、覆い被さってきた。

唇を奪われた。初めてのときはぎこちなく、どうしていいかわからないという感じだった健斗だが、すぐに舌を差し入れてきて、からめてくる。

有希も応じた。ひとりでに甘い鼻声が洩れた。キスに感じてというより、硬くて熱い肉棒が腹部に押し当てられていて、ゾクゾクするからだった。

そのせいで、舌のじゃれ合いもより刺戟的に感じられてきて、有希は情熱的にねっとりと舌をからめていった。

それに合わせて、健斗も熱っぽく舌をからめてくる。

濃厚なキスで、興奮しているらしい。腹部に当たっている怒張がヒクついている。

有希がますます艶かしい気持ちになって、せつない鼻声を洩らして腰をくねらせていると、健斗が唇を離して胸に顔をうずめてきた。

両手で乳房を揉みたてる。そして、片方の乳首を舐めあげた。

「アアッ……」

ゾクッとする快感に襲われて、有希は喘いでのけぞった。

健斗が乳房を揉みながら、有希自身、尖り勃っているとわかる乳首を舌で舐めまわしたり、口に含んで吸いたてたりする。

有希は乳房を愛撫されているとき、ある程度、性感が高まってくると、やさしくされるだけだともどかしくなって、強い刺戟がほしくなる。それも、とくに乳首に──。

いまもそんな感じになって、有希はいった。

「ああ、もっと強くしてッ」

「そういえば、有希さん、この前もそういってたよね？」

健斗が顔を上げて訊く。

二回目の行為で、有希が上になって腰を使っていたときのことを覚えていたらしい。

そのとき有希は、健斗の両手を乳房に導いて揉ませながら、「強くして」と求めたのだ。

すると健斗はいわれたとおりにした。しかも有希が求めるまでもなく、乳房を強く揉みたてているうちにたまたまそうしたのか、それとも有希の反応を見て勘を働かせたのか、乳首をつまんでひねりあげたのだ。

そうされると同時に有希は達し、腰を振りたてたのだった。

「有希さん、オッパイとか乳首とか、強くされたほうがいいの？」

徐々に強く乳房を揉みながら、健斗が訊く。

せつないような、たまらない快感のうずきが生まれて、それが胸から全身にひろがっていく。

有希は喘ぎ顔になって軀をうねらせながら、うなずいた。

「そうなんだ。このビンビンになってる乳首なんて、とくに感じちゃうんじゃない」

いうなり健斗が乳首をつまんでひねりあげた。

「アアッ……だめッ、イッちゃう！」

快感のうずきが軀を突き抜けて有希はのけぞり、軀のわななきと一緒にあっけなく達した。

「マジ!?　これだけでイッちゃったの」

健斗が唖然としていう。

「ああん、きて～」

有希は甘ったるい声でいって軀をうねらせ、たまりかねて健斗の下腹部に手を差し入れて怒張をつかんだ。

健斗は起き上がった。有希の両脚の間にひざまずいた格好の、彼の下腹部で、勢い盛んな若い精力を表しているような黒々とした陰毛のなかから突き出している肉棒は、腹を叩かんばかりにいきり勃っている。

それを見ただけで、有希は息が詰まり、軀がふるえた。

こんなに逞しく、猛々しく勃起したペニスを見たのは、一昨日の健斗のものが初めてだった。

健斗がその怒張を手にして、有希の股間ににじり寄ってきた。

「アンッ……」

有希はゾクッとして腰が跳ねた。

おそらく、亀頭だろう。それをクレバスにこすりつけられたのだ。

いやらしいほど濡れているそこを、なおも亀頭がこすって、クチュクチュと卑猥な音をたてる。

そうやって膣口を探しているのか、それとも刺戟するつもりでそうしているのか、健斗の考えはわからない。どっちにしても、甘いうずきをかきたてられて、有希はたまらなくなった。

「ううん、だめッ、きてッ」

健斗に向かって両手を差し出し、腰をうねらせて求めた。

——と、ヌルッと亀頭が滑り込んできて、有希は息を呑んだ。

それがさらに侵入してくる。貫かれる感覚と一緒にわきあがる快感にのけぞって、呻いた。

健斗が肉棒を抜き挿しする。

一昨日の初体験がものをいっているのか、余裕を感じさせる腰使いだ。

呑み込みの早さに、有希は驚いた。それよりも嬉しくなった。

肉棒が有希の女芯を味わうように緩やかに出入りすることによって、有希自身もその快感を堪能できるからだ。

有希は思わずいった。

「ああッ、いいわァ。健斗くん、とても上手よ」

「気持ちいいの？」

健斗が興奮した顔で訊く。

有希はうなずき返し、

「いいの。すごくいいわ。健斗くんは？」

健斗の抽送にあわせて腰をうねらせながら、息せききっていった。

「俺もいいよ。有希さんのここ、メッチャ気持ちいいんだもん」

「ああん、わたしもよ。健斗くんのおち×ちん、おっきくて硬いから、たまんない……」

「じゃあ、いやらしいとこ見たら、もっとたまらなくなっちゃうかもよ」

そういうと健斗が有希を抱き起こした。

「ほら見て」

対面座位の体位で、肉棒を抜き挿しして見せつける。

「やだ、だめ……」

戸惑ったものの、有希は股間から眼が離せない。

「あぁッ、入ってる！」

軀と一緒に声がふるえた。

黒いヘアの下に、これ以上ない淫猥な情景があからさまになっている。

肉びらの間に突き入っている肉棒が、蜜にまみれて濡れ光っている胴体を見せて、出入りを繰り返しているのだ。

それを凝視しているうちに有希は興奮のあまり、頭がクラクラしてきた。

「ああ、もうたまんないッ！」

いうなり健斗が有希に抱きついてきた。

有希を膝の上にして抱きかかえると、そのまま揺する。

「アアンッ、だめッ、いいッ、アアいいッ……」

上下に跳ねるような肉棒で女芯を、同時に肉棒の根元あたりで肉芽をこすりたてられて、有希は一気に絶頂に追い上げられていく。

「アアッ、健斗くん、わたしもうだめッ、もうイッちゃう」

健斗にしがみついて切迫していうと、

「イッちゃって」

と、けしかけて健斗はさらに律動を速める。

有希はよがり泣きながら、夢中で腰を振りたてて昇り詰めた。

すぐに健斗は有希を抱いたまま倒れ込み、激しく突きたててきた。

有希はたちまち絶頂に追いやられて、「またイッちゃう」と感泣しながらオルガスムスのふるえに襲われた。

健斗はまだ射精していなかった。

こんどは有希の両脚をそろえて持ち上げると、そのままの状態で肉棒を抜き挿ししはじめた。

有希は驚いた。そうやると女芯が狭まり、そのぶん抽送される肉棒の刺戟と一緒に快感が強まって、イキやすくなるのだ。そのことを、どうやら健斗は知っているらしい。

ただ、驚いたの一瞬だった。なぜ健斗がそんなことを知っているのか、すぐに察しがついたからだ。

一昨日、二回目の行為の前に話しているとき、健斗がネットのアダルトサイトでかなりのセックスの知識を得ていることがわかった。

それより否も応もなく、またしても達して有希が息も絶え絶えに軀をヒクつかせていると、健斗は抱え上げていた両脚を開いて突きたててきた。

そのまま、ふたりは一緒にクライマックスを迎え、しばし抱き合っていた。

オルガスムスの余韻に浸りながら、有希は感じていた。女芯に収まっている肉棒が硬直したまま、いっこうに萎えるようすがないのを。

そのとき、健斗が軀を起こして肉棒を抜いた。

スルッと抜け出た肉棒が大きく弾むのを見て、有希は眼を見張って息を呑んだ。

ゾクッと軀がふるえて、喘ぎそうになった。

それは、有希の蜜にまみれ、硬直して反り返っている。

4

「すごい。まだビンビンだわ」

有希さんは弾んだ声でいうと、指先でチョンと、ちょうど亀が頭を突き出したような怒張の先をつついた。

つづけてなんどもイッたので、その余韻のせいだろう。きれいな顔がドキッとするほど色っぽい。

「この前もそうだったけど、健斗くんて、何度もできちゃうの？」

有希さんがときめいているような表情で訊く。

「何度もは無理だけど、たぶん、四、五回はできると思う」

「すごい。ああ、こんなの見せられちゃったら、恥ずかしいけどわたし、たまらなくなっちゃう……」

本当にそうなったらしく、そのせいか急に興奮した表情になって、ふだんの有希さんとはギャップがありすぎるようなことをいう。

それが健斗も興奮させた。

「ね、こんどは後ろからしたいな。有希さんはどう？」

「いやァね。そんなこと、どうなんて訊かれて、答えられるって思う？」

有希さんは健斗を睨み、笑っていった。

「じゃあ、ＯＫかＮＯ、どっち？」

「やだ、ゲームみたい」

「ゲーム感覚で、どっち？」

「どうしても答えさせたいの？」

「そう。あ、でもNOっていわれたら、そのときは無理やりバックからしちゃう」

「ひど～い。そんなの、レイプじゃないの」

有希さんはそういいながらも笑っている。健斗は調子に乗っていった。

「レイプごっこだよ。それも刺戟的でいいんじゃない？」

「じゃあ、NOって答えようかしら」

有希さんが健斗を挑発するような妖しい眼つきで見ていう。

「ようし、レイプしてやる！」

いうなり健斗は襲いかかった。

有希さんが嬌声をあげて抗う。

かまわず、健斗は有希さんを強引に後ろ向きにすると、その尻に怒張を押しつけた。

とたんに抗いが止まった。そして、「ああん」と甘い声と一緒にヒップがうごめく。

そのむっちりとした尻を、健斗は怒張で撫でまわした。

「ううん、ああ……」

有希さんは昂った声を洩らすと自分から四つん這いの姿勢を取り、さらに軀をくらねせながらぐっと、ヒップを大胆に突き上げた。

しかも腹部を落としてヒップをそうしたため、形のいい尻朶がくっきりと開いて、股間があからさまになった。

健斗から見て、みごとに逆ハート形を描いているヒップ……その間にあらわにいる、女蜜にまみれてわずかに口を開けている肉びら……さらにそのすぐ上に露呈している、健斗が初めて眼にする褐色の柔襞を一点に引き絞ったようなアヌス……。

そんな煽情的な眺めが、健斗を挑発していた。もはや、レイプなんてものではなかった。

射精したばかりにもかかわらず、挑発されて、怒張は痛いほどいきり勃っていた。

それを手にすると、健斗は片方の手を有希さんの尻にかけて、怒張で肉びらの間をまさぐった。

ヌルヌルしてゾクゾクするそこをなぞっていると、有希さんがいかにももどかしそうな喘ぎ声を洩らして腰をくねらせる。そんな反応が健斗の欲情を煽る。

なぞっているうちに探り当てていた秘口に、健斗は亀頭を滑り込ませた。有希さんが呻いた。感じた声だった。

健斗はゆっくりと、さらに押し入った。ヌルーッと、女蜜にまみれた粘膜のなかに怒張が侵入していって、ほぼ完全に収まると、

「アーッ、いいッ!」

有希さんが感じ入ったような声を放った。

そのまま、健斗は有希さんの尻から手を離していった。

「有希さん、自分で動いてみて」

「え!? そんな……アアッ……」

有希さんは戸惑ったようにいったあと、喘いだ。健斗が怒張をヒクつかせたのだ。

健斗は思った。

──有希さん、こんなことをいわれたの、初めてなのかも……。

健斗自身、ふとした思いつきでいったわけではなかった。アダルト動画で、男が女にそうさせているのを見て、興奮したからだった。

──バックでしてて、女が自分から動くっていうのは、フツー以上に恥ずかし

いだろうから、有希さん、いやがるかな……。

そう思って見ていると、健斗の懸念は杞憂だった。有希さんはおずおず軀を前後させはじめたのだ。

健斗は興奮を煽られながら、下腹部を見やった。

生々しくていやらしい状態が、あからさまになっている。

肉びらの間にズッポリと突き入っている肉棒……そのまま、肉棒を咥えているようにも見える肉びらが前後して、それに合わせて女蜜にまみれた肉棒が見え隠れしている。

その動きによって、肉びらはめくれたようになったり、押し込まれたりしている。同時に、肉棒は微妙なザラつきやカラミ具合がある蜜壺で、くすぐりたてられる。

健斗がその眺めと軀がふるえそうになる快感に気を奪われているうちに、有希さんの動きが変わってきて、それにつれて昂った喘ぎ声がたちはじめた。

有希さんは夢中になって軀を前後に律動させているのだった。

「アアいいッ、健斗くん、いいのッ、アアもう、ヘンになっちゃう」

「ヘンになっちゃって」

健斗がけしかけると、

「アアン、だって、もう動けないッ」

焦れったそうにいって、さももどかしそうに腰をくねらせる。そればかりか、腰を上下にうねらせる。

そうやって膣とペニスの摩擦を強めているようだ。

その貪欲で淫らな動きが、健斗の興奮と欲情を煽りたてた。健斗は両手で有希さんの腰をつかむと、激しく突きたてた。

白分で刺戟して絶頂寸前まで高まっていたのだろう。有希さんはすぐによがり泣きながら達して、ずるずる突っ伏した。

健斗は軀を重ねると、有希さんを貫いているままの肉棒を抜き挿しした。

「アアッ、それ、いいッ……すごく、感じちゃう」

有希さんが驚いたような昂った声でいう。

ペニスの挿入角度のちがいから生まれる快感が、人妻なのに新鮮らしい。

その、ペニスが膣の天井部分から入口にちかいあたりをこする感覚は、健斗にとっても新鮮で刺戟的だった。

「こういうの、したことないの？」

健斗は腰を使いながら訊いた。

有希さんはウンウン強くうなずき返すと、

「アアまたッ、またイッちゃいそう……」

怯えたような声でいう。

「いいよ、イッて」

いうなり健斗は腰使いを速めた。

有希さんはひとたまりもなかった。両手でシーツをわしづかみ、横たえている顔に、眉間に皺をよせて悩ましい表情を浮かべると、泣きながら絶頂を訴えて軀をわななかせた。

健斗は有希さんを仰向けにした。

有希さんは、凄味のある艶かしい表情で息を弾ませている。

「脚を開いて、両手で持って」

健斗が膝を立てさせてそういうと、いうとおり脚を開いた。が、両手で持ってという意味がわからないらしく、戸惑っている。

そこで健斗は自分の手を使って、有希さんが両手でそれぞれ太腿の外側から脚を抱え込んで開くよう仕向けた。

「やだ、恥ずかしい……」

さすがに有希さんはうろたえたようすで顔をそむけた。恥ずかしさのせいだろう、顔がうっすら赤らんでいる。

無理もない。膝を曲げた両足を思いきり開いて、まるでカエルがひっくり返ったような格好で、見てくださいといわんばかりに股間を露呈しているのだ。

それでもいやがって手を離し膝を閉じようとはせず、そのままの体勢を取っている。

そのとき健斗は驚いた。恥ずかしくていたたまれないようすで顔をそむけている有希さんだが、その表情にどこか興奮してもいるような感じがあったからだ。

――ちょっと信じられないけど、有希さんて、マゾッ気があるのかも……でも、たぶんそうだ。だから、俺に覗き見されてるのがわかってて、見せていたんだ
……だけど、夫がいるのにそんなことをするだろうか。

興奮してそう思いながら、健斗は怒張を手にすると、

「有希さん、ほら見て」

と有希さんに声をかけ、彼女がそれに反応してこっちを向くと、亀頭で肉びらの間をまさぐって見せつけた。

「アアッ、だめッ……」

有希さんは悲鳴に似た声をあげた。それで自分の股間から眼が離せなくなったように、興奮しきった表情でそこを見ている。

健斗は、ぬめっている割れ目を亀頭でこすった。クチュクチュと、生々しい卑猥な音がたって、有希さんがたまらなさそうな泣き声を洩らして腰をうごめかせる。

健斗は手で肉びらの上端を押し上げた。クリトリスがむき出しになった。艶々しく尖り勃っている肉芽の上につづく部分も、筋状に腫れあがっている。

健斗はいきなりそこに口をつけ、肉芽を舐めまわした。

有希さんがビックリしたような声を発して、

「それだめッ、だめよッ」

と、あわてふためいたようすで腰を振りたてる。それでも両手で両脚をつかんだままだ。

健斗は攻めたてるように舌を躍らせた。

「だめだめッ、イクッ、イッちゃう、イクイクーッ」

有希さんが切迫した泣き声でいいながら軀をわななかせた。

健斗はまた有希さんのなかに押し入った。

クンニリングスでイッたばかりの有希さんは、声を発することができないようすで悩ましい表情を浮きたてたてのけぞった。

──と、健斗が怒張を挿入してじっとしているといつもそうなのだが、いまも蜜壺が怒張をジワッ、ジワッと締めつけながら咥え込んでいく。

そのエロティックな感覚に健斗は欲情を煽られて、有希さんに覆い被さっていくと、緩やかに抽送した。

その動きに合わせて、有希さんが感泣する。

「ああ、有希さんのここ、気持ちいいッ」

ペニスに感じている快感が、そのまま健斗の口を突いて出た。

「わたしもよ、健斗くん。いいわ、いいのッ」

有希さんも快感に酔いしれているような表情と声でいう。

健斗はキスにいった。腰を使いながら、唇を合わせて舌を差し入れていくと、有希さんのほうからたまらなさそうに熱っぽく舌をからめてきて、せつなげな鼻声を洩らす。

健斗は我慢できなくなって、唇を離した。

「俺、たまんなくなったよ。出していい?」

「いいわ、出して。一緒にわたしもイキたいわ」

有希さんが切迫したようすでいう。

「じゃあ出すよ。でも今日はもう一回したい。してもいい?」

健斗は腰の動きを速めながら、弾む息でいった。

有希さんが唖然としたような顔をした。が、一瞬のことで、すぐまた悩ましい表情になって、

「健斗くん!」

いうなり健斗に抱きついてきた。

健斗は我慢を解き放って有希さんを突きたてていった。

5

有希さんと関係を持って、大方一カ月になろうとしていた。

この間、健斗は、当初はべつにして週に二回有希さんと逢って、綾瀬家の客室

でセックスにふけっていた。

週に二回というのは、少なくとも一日置きにでも逢いたいと迫った健斗が、有希さんに説き伏せられた結果だった。

ただ、これは、ふたりにとって正解だった。

それというのも、逢う日にちが空くことにより、そのぶん逢いたい気持ちと欲望が高まって、セックスが情熱的で濃密なものになったからだ。

そればかりか、有希さんの性器について、わかったことがあった。

有希さんの膣は、健斗がペニスを挿入してじっとしていると、入口から奥のほうに向かって、ペニスをゆっくり咥え込んでいくのだ。それもジワッ、ジワッと繰り返し締めつけながら。

そこで、健斗はネットで調べてみた。するとそれは、〝三段締め〟の名器だとわかった。

さらにその間に、健斗の疑問も解けた。

健斗に覗き見されているのがわかっていて、有希さんがどうしてあえて見せるようなことをしたのか。それればかりかなぜ健斗と関係を持ったのか――という、あの疑問だ。

ある日、一度行為を終えたあと、ふたりとも裸で抱き合っているときだった。

「有希さんて、ダンナさんとセックスしてるの？」

健斗が訊くと、

「なによ、突然」

有希さんは戸惑った。唐突に訊いたので、当然だった。

「前から気になってたんだ。夫婦だから、してて当たり前だけど、どうなんだろうと思って……」

「どうしてそう思ったの？」

有希さんに訊き返されて、健斗は疑問に思っていたことを話した。

「つまり、わたしがあんなことをしたり、健斗くんとこんなことになったのは、なにか理由があるんじゃないかって思ったのね」

「そう……」

「で、夫とセックスしてないんじゃないかって疑ったんじゃない？　そのため欲求不満になってて、それで健斗くんの覗き見を許したり健斗くんを誘惑したりしたんじゃないかって」

「そんな、そこまでは……」

有希さんのいうとおりだったが、その真剣な表情に気圧されて、健斗は口ごもった。

「健斗くん、わたしが夫とセックスしてたら、いや？」

急に有希さんは笑みを浮かべて訊いてきた。どこか健斗を揶揄《やゆ》するような笑みだった。

健斗はちょっとムッとしていった。

「そりゃあいやだよ。いやだけど仕方ない……」

「妬いてくれたの？」

有希さんは健斗を色っぽい眼つきで見て訊いた。

健斗が苦笑いすると、

「その必要はないわ。健斗くんが疑問に思って想像したとおりよ」

有希さんはそういった。笑みを浮かべたままだったが、自嘲するようなそれだった。

そのときセックスレスになるきっかけが〝妊活〟だったことも、幸さんは健斗に打ち明けた。

健斗はそんな有希さんに返す言葉がなく、黙って抱きしめるしかなかった。そして、そのまま言葉の代わりにセックスで有希さんを慰め、歓ばせることしか――。

この日、午前中の講義を受けたあと、友達と学食で昼食をすませた健斗は、帰宅するため、友達と別れて最寄り駅に向かっていた。

帰ったら有希さんと逢うことになっていたので、気が急いて、ひとりでに足早になっていた。

そのとき、反対方向からきた女に突然、声をかけられた。

「吉岡くん？　健斗じゃない？」

健斗は目の前の若い女を見て戸惑った。そしてまじまじ見て、驚いた。

「えッ、絵里奈《えりな》!?」

「久しぶり。元気してた？」

若い女は屈託なく笑って話しかけてきた。

「あ、ああ。メイクしてるから、一瞬、わからなかったよ」

「そっか。卒業以来だもんね。健斗はあまり変わってないみたい」

健斗は苦笑した。

「急いでる？」

香山《かやま》絵里奈が訊く。

「なに？」

「時間あったら、ちょっとお茶しない？」

「……そうだな」

健斗は一瞬考えて、腕時計を見た。もうすぐ一時だった。

「二時ぐらいまでには家に帰らなきゃいけないから、三十分ぐらいしか時間がないんだけど、それでもいいか」

「いいよ」

絵里奈はあっさりいった。

ふたりはあたりを見まわした。すぐ近くにカフェの看板が出ていた。ふたりはそこに向かった。

香山絵里奈は、健斗と高校のときの同級生で、チアリーダーのキャップテンをしていた。そのため、アメフトで活躍していた健斗とは親しかった。

ただ、卒業後はそれぞれべつの大学に進学して会う機会もなく、半年以上がすぎていた。

偶然久しぶりに出会った絵里奈は、メイクのために一瞬、別人に見えた。が、よく見ると、バタ臭い可愛い顔だちが浮かび上がってきて、本人だとわかった。

チアをやっていたぐらいだから、絵里奈はもともとプロポーションはよかった。それはいまも変わっていなかったが、メイクで顔が大人っぽく見えたせいか、薄手のダウンジャケットにミニのタイトスカート、それにハーフブーツという格好の、そのプロポーションのいい軀もこれまでになく女を感じさせて、やけに色っぽく見えた。

カフェのテーブルにつくまでに、健斗はさりげなく絵里奈を観察して、そんな印象を受けていた。

同時に内心、驚いていた。いままでの健斗だったら、こんな感じで女を見ることはなかったからだ。

なぜこうなったか、理由はすぐわかった。童貞を卒業して、セックスにふけっているからだった。

ふたりは、絵里奈がカフェラテ、健斗がコーヒーを飲みながら、卒業以来のことを話していた。

健斗は、絵里奈が大学に入ってもチアをつづけているのではないかと思ったが、そうではなかった。ゆくゆくはキャビンアテンダントになるつもりで、大学に通いながら養成セミナーに通っているということだった。

絵里奈も、健斗がアメフトをつづけているだろうと思っていたらしい。

やめた理由を絵里奈に訊かれて、健斗は「燃え尽き症候群ってやつだよ」と自嘲して答えた。

「ところで健斗、カノジョいるの?」

絵里奈はそんなことも訊いてきた。

一瞬、健斗の頭を有希さんの顔がよぎった。

「いや、いないよ。絵里奈は?」

「わたしも……」

そういって絵里奈は健斗の顔をうかがうように見た。

「健斗、全然気づいてなかったでしょ」

「なにを?」

「わたしが健斗のこと、ずっと好きだったってこと」

絵里奈は真っ直ぐ健斗を見ていった。

「え!?　突然なんだよ」

健斗は驚き、戸惑った。そんなことは思ってもみなかった。

「いまだってそうよ。健斗はわたしのこと、どう思ってた？」

「どうっていわれても……」

「なんとも思ってなかった？」

「そんなことないよ」

「じゃあ、どう思ってたの？」

「それは……可愛いって思ってたよ」

「ホントにィ？　そんな感じ、全然なかったけど、でも健斗、マジメでウブって感じだったもんね。いまもそう？」

「なんだよ、からかってんのか」

健斗がムッとしていうと、絵里奈は顔の前で手を振って、

「からかってなんかないわよ。わたし、ずっと健斗のことが好きで、気になってたの。ね、こんど、ゆっくり食事しない？」

最後はどこか秘密めかしたような表情で訊く。

「ああ」

健斗が答えると、絵里奈は携帯電話を取り出した。

6

思いがけない展開で香山絵里奈と携帯の番号を交換したあと、急いで帰宅した健斗は、すぐに浴室に駆け込んだ。

手早くシャワーを浴び、股間だけは丁寧に洗っていると、早くも欲棒が起きてきた。有希さんとのセックスのことと、さっきまで一緒にいた絵里奈のプロポーションのいい軀とが、一緒になって頭に浮かんだからだった。

浴室から出て忙しなく服を着ると、有希さんに電話をかけた。

すぐに有希さんが電話に出て、

「お勝手を開けてあるわ」

といった。声にどこか待ちかねていたような感じがあった。

健斗はいつもどおり、綾瀬家の勝手口からなかに入った。

リビングルームに入っていくと、そこからつづくキッチンに有希さんの姿があった。

「なにか飲む？」

有希さんが健斗を振り返って訊く。胸当てのあるエプロンをつけていた。

「いや、いい。料理でもしてたの?」

いいながら健斗はキッチンにいった。

「ちょっと、下処理をね。これでもわたし、主婦だから」

有希さんは自嘲するような笑みを浮かべていった。

健斗は有希さんに見とれていた。エプロン姿に興奮し欲情して、自分でも顔が強張っているのがわかった。

「どうしたの?」

有希さんが怪訝《けげん》そうに訊く。

健斗は黙っていきなり有希さんを抱きしめた。

有希さんが驚いたような声をあげた。

かまわず健斗は有希さんの唇を奪い、胸のふくらみを揉んだ。

有希さんの戸惑ったような鼻声と一緒にわずかに唇が開いた。健斗は舌を差し入れ、有希さんの舌をからめ取ろうとした。

有希さんの舌がためらいを見せる。だがすぐに健斗の舌にからんできて、有希さんからせつなげな鼻声が洩れた。

濃厚なキスと同時に胸のふくらみを揉む健斗の手つきにも、熱が入る。

それに合わせたように、有希さんが悩ましい鼻声を洩らして腰をくねらせる。

どうやら、いきり勃っている健斗の欲棒が、腹部に突き当たっているせいらしい。

健斗は両手に有希さんのヒップをとらえ、タイトスカート越しにむちっとしたまるみを撫でまわした。

ついで、スカートを引き上げた。

「ううんッ」

有希さんがうろたえたような鼻声を洩らして唇を離した。

両手で尻肉をとらえた健斗は、ちょっと驚いた。どういうわけか、有希さんはパンストを穿いてなくて、じかに裸の尻が手に触れたからだ。

驚きは一瞬で、こんどは胸が躍った。

「マジ!?　Tバック穿いてくれたんだ」

思わず、健斗は声が弾んだ。

「だれかさんが、しつこく穿いてっていうからよ」

有希さんは腰をくねらせて、なじるような、それでいて甘い口調でいった。

実際、そうだった。Tバックショーツをつけている有希さんを覗き見たときのことを、「頭がブッ飛ぶほど興奮したよ」といって、これまで健斗はなんどもTバックを穿いてほしいと頼んでいたのだ。

その頼みが、やっと実現したのだった。

「見せて」

いうなり健斗は有希さんを後ろに向きにした。スカートは腰の上までめくれたまま、調理台に向かって立った格好になった。

「すげえ。ゾクゾクしちゃうよ」

健斗は有希さんの後ろにひざまずいた。

赤いTバックをつけて、白い、まろやかな尻肉がむき出しのヒップが、目の前にある。健斗の視線を感じてか、その肉がピクピクしている。

健斗は両手を尻肉に這わせ、撫でまわした。それだけではもの足りず、揉みたてた。

「ウウン、そんな……」

有希さんが戸惑ったようにいってヒップをくねらせる。

その反応が、健斗の興奮と欲情を煽る。両手で尻朶をわしずかむと、割り開いた。

「アンッ、だめッ」

有希さんがうわずった声を発した。

健斗の前に際どい、刺戟的な情景があらわになっている。

ふっくらと盛り上がっている肉丘を、わずかな赤い布がかろうじて覆って、その布の真ん中が割れ目に食い込んでいるのだ。

健斗はTバックの紐状になっている部分に指をかけて、横にずらした。

有希さんが恥ずかしそうな喘ぎ声を洩らして尻をもじつかせる。

尻肉の狭間があらわになって、褐色の小さなすぼまりと、その下に唇が合わさったような肉びらが露呈している。その合わせ目が光っていた。

健斗は肉びらを押し分けた。

有希さんの息を呑むような気配と一緒に、女蜜にまみれたピンク色の粘膜が露出して、生々しく喘ぐように収縮し、弛緩する。

健斗はいきなりそこにしゃぶりついた。とたんに有希さんが悲鳴に似た声をあげた。

クレバスに分け入っている健斗の舌が、そこを舐めまわす。

それも濡れた音をたてながら、全体をしゃぶり尽くすようにそうするだけでない。過敏なクリトリスや、たまらなくうずいている膣口を、こねまわしたりもする。

有希は調理台につかまって、身悶えて感泣しながら、膨らみあがっている快感が弾けるのを必死にこらえていた。

だがもう無理だった。

「だめッ、健斗くん、だめよ！」

切迫してそういったとたん快感が弾け、それが一気に全身に行き渡って、めくるめく絶頂感に襲われた。

「アーッ、イクッ、イクイクイクッ……」

ガクガク軀がわなないて、立っていられない。腰を落としそうになったところを、健斗に抱きかかえられた。

健斗は有希を向き直らせると、抱きしめたままキスしてきた。

イッた直後の興奮に突き動かされて、有希は自分から熱っぽく舌をからめた。

粘膜のからみ合いによって欲情をかきたてられ、腹部に突き当たっている健斗の硬直の感触に、軀がふるえる。

有希はもうそれをこらえることができなかった。そればかりか、自分のしていることの猥《みだ》りがわしさによけいに興奮を煽られて、健斗のズボンの前の硬直をまさぐって、撫でまわしていた。

そのとき、健斗が唇を離して有希を見た。

有希の発情したような表情を見てか、ちょっと驚いたような顔をした。

「ここで、したいな」

ボソッと、健斗はいった。

「いいよね」

そういうと、有希の返事を待たず、手早く着ているものを脱いでいく。

「早く、有希さんも脱いでよ」

有希が呆気に取られて見ていると、そういって急かす。

「いやだわ、こんなとこで……」

戸惑っていいながらも、有希はエプロンを取りはじめた。

「こんなとこだから、変わってていいんだよ。そうだ、脱いでもエプロンとTバックショーツだけはつけてて。そのほうが刺戟的だから」

「健斗くん！……」

事も無げにいう健斗に、有希は唖然とした。

──少し前まで童貞だった彼が、こんなことをいうなんて。でもそういえば、セックスだって、最初のうちはわたしがリードしてたけど、このところ反対になってきたみたい。むしろわたしのほうがリードされるっていうか、翻弄されてる感じ……。

そう思いながら、いわれたとおり着ているものを脱いでいって、Tバックショーツだけになった。

──キッチンでこんな格好なんて……。

舐めまわすような健斗の視線を感じながらそう思うと、よけいに恥ずかしくなり、熱くなっている軀がふるえた。

さらにいわれたとおり、有希はエプロンをつけた。性感が高まってしこって勃っている乳首に、綿素材のエプロンの胸当てがこすれて甘いうずきが生まれ、同時に内腿がざわめいてすり合わせ、喘ぎそうになった。

「いいな。それって、裸エプロンっていうらしいよ。こんな格好、有希さん初めて？」

興奮が感じられる声で、健斗がいう。

「当たり前でしょ。こんな恥ずかしいこと」

有希はうつむいたままいった。健斗の顔を見ることができない。

「裸エプロンなんて、健斗くん、どうして知ってるの？」

「ネットのいやらしい動画」

やっぱり、と思ったそのとき、全裸の健斗の下腹部で腹を叩かんばかりになっている怒張が、有希の眼に入った。しかも、生々しくヒクついているそれが。

「ああッ……」

熱い喘ぎが口を突いて出ると同時に、有希は衝動にかられた。健斗の前にひざまずくと、怒張を手にして舌をからめていった。

「有希さん！……」

健斗が驚いたような声を洩らした。

有希は顔を右に左に傾けながら、夢中になって怒張を舐めまわした。さらに咥えると、貪るように顔を振ってしごいた。

眼をつむっていても、そんな淫らな自分を、健斗が興奮した表情で見下ろしているのがわかった。そして有希自身、淫らな自分にも、見られていることにも、ますます興奮を煽られた。

「有希さん」

健斗が有希の肩に両手をかけていった。

有希は怒張を咥えたまま、眼を開けて見上げた。健斗が興奮しきったような表情で覗き込んでいた。

有希は怒張から口を離した。

目の前で、ブルンと肉棒が生々しく弾み、思わず喘いだ。それも肉棒の動きと一緒にズキッと、熱くうずいている秘芯が脈動し、昂った喘ぎ声になった。

健斗が有希を抱きかかえて立たせた。エプロンの胸当てを真ん中に寄せて乳房を露出させると、しゃぶりついてきた。

有希は調理台にもたれる格好になって喘いだ。

健斗が片方の乳首を吸いたてたり、舌で舐めまわしたりしながら、一方の乳房を手で揉む。それを交互に繰り返す。

有希はどんどん性感をかきたてられて、喘ぎながら両脚をすり合わせて身悶えた。腹部に感じている、硬くて熱い怒張にも、欲情を煽られて。

「ね、後ろを向いて」

健斗が顔を起こしていった。

有希はいわれたとおりにした。ウエストで結んだエプロンの紐、赤いTバックショーツだけでむき出しになっている尻――恥ずかしいだけでなく、いやらしいその眺めが頭に浮かび、カッと全身が熱くなった。

――と、Tバックを横にずらして尻朶を割り開くなり、そこに健斗が顔をうずめてきた。

有希は喘いで調理台に両手をついた。

自分でも恥ずかしいほど濡れているのがわかっているクレバスを、健斗の舌が舐めまわし、こねまわす。

――アアッ、感じちゃう、いいッ、いいわッ、たまンないッ……。

有希は胸のなかで快感を口にした。それが、きれぎれの感泣になった。

――アアそこッ、そこもっと、もっとしてッ。

身ぶるいするような快感に襲われながら、有希は懇願した。ビンビンに膨れあがっているのがわかるクリトリスを、健斗の舌がこねているのだ。

いつのまにか有希は、調理台に両手をついてヒップを突き出す格好になっていた。

たまらなさそうな腰つきで有希の要求を察したか、健斗が舌を躍らせはじめた。肉芽を強くこねたり、弾いたりする。

「それいいッ、いいのッ、ああもっと！」

有希が口に出して快感を訴えると、それに煽られたように健斗の舌の動きが攻めたてる感じになった。

その舌で、有希はたちまち絶頂に追い上げられた。達してガクガク膝がふるえて立っていられなくなっていると、健斗が腰を抱えあげるなり、肉棒を挿し入れてきた。

有希は感じ入って、のけぞった。

全身がとろけるような快感に襲われて、軀がわなないた。肉棒で貫かれただけで、あっけなく達したのだ。

健斗が両手で有希の腰をつかみ、肉棒を抽送する。それに合わせて有希も軀を前後させた。

わきあがってくる、たまらない快感に、抑えきれない声が感泣になる。

健斗が腰を使いながら、紐の結びをほどいてエプロンを取り去った。

ついで肉棒を抜くと、有希を向き直らせた。そして、片方の脚を抱えあげると、またTバックショーツをずらして、こんどは前から肉棒を挿し入れてきた。

「ほら、両手を俺の首にまわして、しっかりつかまってて」

健斗の意図がわからないまま、有希はいわれたとおりにした。

すると健斗は有希の一方の脚も抱えあげた。

有希は思わず悲鳴をあげ、

「だめッ、怖～いッ！」

と、怯えてさらに強く健斗の首にしがみついた。軀を完全に抱えあげられているのだ。しかも肉棒で貫かれたまま。

「このまま、部屋にいくよ」

そういうと、健斗は有希を抱きかかえて揺すりながら歩きはじめた。

その上下動に合わせて、膣が肉棒でズリュッ、ズリュッと、したたかにこすられて、強い快感が生まれる。

有希にとって、こんな行為は初めての経験だった。

そのことでうろたえながらも、それ以上に強烈な快感がたまらず、健斗にしがみついて、揺すられるたびに嬌声をあげていた。

第三章　迷走する性

1

「話はちがうけどさ、絵里奈、この前、彼氏いないっていってたけど、ホントにいないの？」

高校のときの思い出や大学生になってからのことなど話しているうちに、健斗はあらためて訊いてみた。ここまでの会話に、おたがいの異性関係についての話はなかったのだ。

「いないわよ。なんで？」

絵里奈が訊き返す。だいぶ酒の酔いがまわっているらしく、呂律《ろれつ》がいくぶんあ

全国各地の書店にて販売しておりますが、
品切れの際はこの封筒をご利用ください。

安心の直送（冊子小包ほか）が便利です！

●お求めのタイトルを○で囲んでお送りください。代金は商品発送時に請求書を同封いたしますので、専用の振込み用紙にて商品到着後、一週間以内にお支払いください。なお、送料は1冊215円、2冊310円、4冊まで360円。5冊以上は送料・無料サービスいたします。尚、離島・一部地域は追加送料がかかる場合がございます。
＊この中に現金は同封しないでください
●当社規定により先払いとなる場合がございます。
●商品の特性上、不良品以外の返品・交換には応じかねます。ご了承ください。
●お買いあげになった商品のアンケートだけでもけっこうですので、切り離してお送りいただければ幸いです。ぜひとも御協力をお願いいたします。
…報の紛失、破壊、改ざん、漏洩の防止のため、細心の注意を…適切に保管しています。

＊書名に○印をつけてご注文ください。
表示価格は本体（税別）です。

↑ のりしろ ↓

↓ この線

●名門女学校生メイド お仕置き館の淫らな奉仕[20120 719円]
●熟女連姦ツアー 魔の奴隷調教[19202 740円]
●奴隷夫人 悦虐の魔境[18123 740円]
●少女矯正学院破魔島分校 双子美少女の奴隷地獄[17103 740円]
【睦月 影郎】（むつき・かげろう）
●夜行性少女[22158 720円]
●未亡人と三姉妹と[22080 720円]
●白衣乱れて 深夜の研究センター[22015 720円]
●双子姉妹 尼僧とシスター[21136 720円]
●みだら終活日記[21029 720円]
●僕が初めてモテた夜[20166 705円]
●深夜の回春部屋[20131 750円]
●母と娘と寝室で[20114 705円]
●伯母の布団[20064 705円]
●夜の卒業式[20046 705円]
●僕と先生 教えてください[20013 694円]
●お嬢さまの、脚は夜ひらく[19211 694円]
●人気女優の秘密[19120 694円]
【諸積 直人】（もろづみ・なおと）
●おさな妻 禁じられた同棲[22052 720円]
●青い瞳の美少女 禁断の逆転服従人生[21052 720円]
●双子の小さな女王様 禁断のプチSM遊戯[20068 705円]
●隣のおませな少女 ひと夏の冒険[19087 694円]
●禁じられた教育実習 清楚な美少女たちと…[18034 686円]
【柚木 郁人】（ゆずき・いくと）
●美少女変態怪事件[21160 740円]
●奴隷帝国ニッポン 牝奴隷調教機関[20035 719円]
●愛娘譲渡 悪魔の相姦調教[17153 694円]

●素人告白スペシャル［昭和─平成］想い出の相姦[20141 705円]
●素人告白スペシャル 隣の人妻─夜の淫らな痴態[20123 705円]
●素人投稿スペシャル 禁断の熟妻懺悔録[20106 705円]
●素人告白スペシャル 働く人妻 夜の出勤簿[20087 705円]
●熟年相姦 忘れえぬ母の柔肉[20071 705円]
●素人告白スペシャル 熟妻の不倫懺悔録[20053 705円]
●禁断白書 わたしの衝撃的な初体験[20037 705円]
●激ナマ告白 ヤリたがりの人妻たち[20021 694円]
●禁断の相姦白書 快楽に溺れた淫乱熟女たち[20004 694円]
●禁断レポート イキまくる熟女たち[19203 694円]
●熟年白書 蘇った性春[19184 694円]
●素人告白スペシャル ナイショのお泊まり奥様[19168 694円]
●禁断白書 わたしの衝撃初体験[19149 694円]
●相姦体験告白 禁断のぬかるみにハマった母たち[19129 694円]
●素人告白スペシャル 背徳の人妻懺悔録[19110 694円]
●激ナマ告白 隣の奥様の秘密[19088 694円]
●禁断の相姦白書 禁忌を犯した熟女たち[19072 694円]
●熟年白書 人妻のぬくもり[19053 694円]
●素人告白スペシャル 食べごろ奥様の性生活[19039 694円]
●熟女告白 誰にも言えない痴態[19018 694円]
●相姦体験告白 故郷の性生活[19003 694円]
●人妻白書 禁断の昭和回顧録[18194 694円]
●熟女告白 私が人妻にハマった理由[18158 694円]
●熟女告白 不適切な関係[18085 686円]
●人妻告白スペシャル 初めての衝撃体験[18050 686円]
●激ナマ告白 貞淑妻の淫らな好奇心[17154 686円]
●激ナマ告白 貞淑妻の不適切な交際[17118 686円]
●素人告白スペシャル 禁断の人妻懺悔録[17086 686円]

↑ この線で

↓
●当社では、個人情報の紛失…
払っており、個人情報は外部からアクセスできない…

■桐谷まつり ■葵 いぶき
■架乃ゆら ●渚 このみ
■東條なつ
【セクシャルヌード・ポーズBOOK】シリーズ
■篠田あゆみ ■大槻ひびき ■羽月 希 ●深田ナナ

書店にご注文の場合は34円切手。アンケートのみの場合は、20円

■元女子アナ妻 覗かれて(…まみや・けい)[22187](発売12/10)
隣人の大学生に覗かれていることに気づいた人妻は……720円

＊こちらの新刊のご注文は発売日後にお願いいたします。

【哀澤 渚】(あいざわ・なぎさ)
●教え子は美少女三姉妹 家庭教師のエッチな授業[22155 720円]
●いいなり姉妹 ヒミツの同居性活[22022 720円]
●おねだり居候日記 僕と義妹と美少女と[20195 720円]
【蒼井 凜花】(あおい・りんか)
●欲情のリモート会議[21212 720円]
●OLたちの上司改造計画[21046 820円]
●奥さまたちの誘惑ゲーム[20186 705円]
●人妻合コン 不倫の夜[20132 705円]
●ハメるセールスマン[20047 719円]
●夜の実践!モテ講座[19158 694円]
●奥さま限定クリーニング[19049 722円]
●人妻エアライン[18134 722円]
●濡れ蜜アフター[17078 694円]
【阿久津 蛍】(あくつ・ほたる)
●M女発見メガネ! 僕の可愛いエッチな奴隷たち[22134 720円]
【阿久根 道人】(あくね・どうと)
●肛悦家庭訪問 淫虐の人妻調教計画[22122 720円]
【朝霧 夢幻】(あさぎり・むげん)
●奪われた愛妻[19052 694円]
【浅見 馨】(あさみ・かおる)
●巨乳の姉と[19159 694円]
●放課後レッスン[19079 694円]
●白衣の叔母 淫ら巡回[19050 722円]
【あすな ゆう】
●僕専用レンタル義母 甘美なキャンパスライフ[21037 720円]
●【熟義母×若叔母】僕のリゾートハーレム[20154 728円]
●巨乳母と艶尻母 ママたちのご奉仕合戦[20019 694円]
【雨宮 慶】(あまみや・けい)
●先生は未亡人[22112 720円]
●ガーターベルトをつけた美人官僚《キャリア》[21174 720円]
●人妻 淫萌え【みだらもえ】[21028 740円]
●他人妻【ひとづま】[20185 719円]
●好色な愛人[20080 705円]
●人妻 背徳のシャワー[20014 705円]
【天羽 漣】(あもう・れん)
●ヨガり妻[19038 694円]
【新井 芳野】(あらい・よしの)
●生贄アイドル 淫虐の美少女調教計画[22054 720円]
●生贄四姉妹 …孕ませてください[21125 720円]

●推しの人気声優 深夜のマル秘営業[22038 720円]
●姉と幼馴染み 甘く危険な三角関係[21070 720円]
【浦路 直彦】(うらじ・なおひこ)
●おねだりブルマ 美少女ハーレム撮影会[22039 720円]
●【僕専用】義母と叔母のW相姦ハーレム[20194 720円]
●美少女たちのエッチな好奇心 大人のカラダいじり[20052 705円]
●妻、処女になる タイムスリップ・ハーレム[19147 694円]
●小悪魔少女とボクッ娘 おませな好奇心[18175 722円]
【鬼塚 龍騎】(おにづか・りゅうき)
●新任女教師と音楽女教師 性獣学園の奴隷たち[19002 694円]
【北原 童夢】(きたはら・どうむ)
●倒錯の淫夢 あるいは黒い誘惑[21036 800円]
●隻脚の天使 あるいは異形の美[20140 900円]
【桐島 寿人】(きりしま・ひさと)
●ときめきエロ催眠 ぼくのスクールカースト攻略法[21020 720円]
●三年C組 今からキミたちは僕の性奴隷です[20086 719円]
●戦隊ヒロイン大ピンチ 聖なる調教の罠[19086 694円]
【霧野 なぐも】(きりの・なぐも)
●処女の身体に入れ替わった俺は人生バラ色で[22085 720円]
●嫐りごっこ 闇のいじめっ娘クラブ[21143 720円]
●幼馴染みの美少女と身体が入れ替わったから浮気エッチしてみた[21035 740円]
●未亡人とその娘 孕ませダブル調教[20084 705円]
【霧原 一輝】(きりはら・かずき)
●元アイドル熟女妻 羞恥の濡れ場[22138 720円]
●一周忌の夜に 和菓子屋の未亡人[22048 720円]
●義父の後妻[21096 720円]
●向かいの未亡人[20205 705円]
●ネトラレ妻 夫の前で[20148 705円]
●回春の桃色下着[20096 719円]
●人妻女教師 誘惑温泉[19212 694円]
●家政婦さん、いらっしゃい[19177 694円]
●愛と欲望の深夜バス[19098 694円]
●人妻 濡れつづけた一週間[18207 694円]
【楠 織】(くすのき・しき)
●少女のめばえ 禁断の幼蕾[21202 720円]
【小金井 響】(こがねい・ひびき)
●女体化変態絶頂 闇のイキ果てアイドル[22037 720円]
●魔改造 淫虐の牝化調教計画[20139 705円]
【佐伯 香也子】(さえき・かやこ)
●悪魔の治療室 禁断の女体化プログラム[19017 694円]

【竹内 けん】(たけうち・けん)
●あぶない婦警さん エッチな取り調べ[22170 740円]
●ぼくをダメにするエッチなお姉さんたち[22087 720円]
●ふたりの同級生と隣のお姉さんが奴隷になった冬休み[21200 720円]
●ナマイキ巨乳優等生 放課後は僕専用肉玩具[21085 720円]
●超一流のSEX 僕の華麗なセレブ遍歴[21003 720円]
●浴衣ハーレム 幼なじみとその美姉[20103 705円]
●修学旅行はハーレム 処女踊り食いの6日間[20003 705円]
●女教師釣り 放課後の淫蕩ハーレム[19108 694円]
●僕とお姉さまたちのハーレム卒業旅行[18176 722円]
【橘 真児】(たちばな・しんじ)
●妻の妹 下着の罠[22173 730円]
●ウチでハメよう[22033 720円]
●奥まで撮らせて[21081 740円]
●熟女ワイン酒場[20204 705円]
●捨てる人妻、拾う人妻[20149 719円]
●人妻食堂 おかわりどうぞ[20081 719円]
●人妻の筆下ろし教室[20030 705円]
●あの日抱いた人妻の名前を僕達はまだ…[19194 694円]
●女生徒たちと先生と[19065 722円]
●人妻と官能小説家と…[18167 722円]
【館 淳一】(たて・じゅんいち)
●叔母の要求[21045 720円]
●人妻と妹と[19123 694円]
●美人社長の肉体調査[19080 694円]
●先生の淫笑[18168 722円]
【辻堂 めぐる】(つじどう・めぐる)
●処女の秘蜜 僕のモテ期襲来![20174 728円]
●転生美少女 美術室の秘蜜[19167 694円]
【津村 しおり】(つむら・しおり)
●孤独の女体グルメ 桃色温泉旅情[22171 720円]
●青春R18きっぷ 大人の冬休み 女体めぐりの旅[22021 740円]
●【青春R18きっぷ】夜行列車女体めぐりの旅[21051 740円]
●青春R18きっぷ みちのく女体めぐりの旅[20156 728円]
【露峰 翠】(つゆみね・みどり)
●憧れのお義姉ちゃん 秘められた禁断行為[22136 720円]
●ときめき文化祭 ガチでヤリまくりの学園性活[21162 720円]
●ときめき修学旅行 ヤリまくりの三泊四日[20122 705円]
【殿井 穂太】(とのい・ほのた)
●処女覚醒 ふしだらな遺伝子[22105 720円]

てください
ってください
↑ のりしろ

やしい。それに表情がとろんとしてきている。

健斗も多少酔っていた。

ふたりがいるのは、若者が主な客層の居酒屋だった。

「だって、絵里奈はモテるだろうし、いないなんておかしいと思ってさ」

健斗がそういうと、絵里奈は苦笑いした。

「よくそういわれるんだけど、わたし、勘違いされるタイプかも」

「どういうこと？」

「当然彼氏がいるだろうって思われて、敬遠されるみたいなの」

「そうか。それはあるかもな……」

「ただ、いまはいないけど二カ月くらい前まで、付き合ってたひとはいたの」

絵里奈がハイボールが入っているグラスを見つめたまま、つぶやくようにいった。

「そうなんだ……」

「別れちゃったけど、そう」

「相手は、学生？」

「ううん、二十八歳の社会人」

「へえ、十コくらい年上じゃん」

驚いてそういった健斗は、内心苦笑いした。有希さんのことが頭をよぎったのだ。健斗の相手は、十コくらいどころか十七も年上だった。

「どこで出会ったの？」

健斗は訊いた。

「合コンで。今年の夏前に。で、印象がわるくなかったので、ていうか、やさしくて、わたしに対してだけじゃなく周りにも気配りとかあって、そういうとこがいいと思って付き合いはじめたんだけど、それが大間違いだったの」

絵里奈がうんざりしたようすでいう。

「彼はいわゆる良家の生まれで、一流企業に勤めているんだけど、付き合っているうちに化けの皮が剝がれてきちゃったわけ。お坊ちゃん気質が抜けてなくて、やさしさや気配りは見せかけで、わがまま放題。それに会社は親のコネ入社だし、おまけにマザコンっていうんだもの、最悪よ」

「ひどいな。でも、早くわかってよかったじゃないか」

「もっと早くわかるべきだったわ」

絵里奈は自身に対して憤慨しているような言い方をした。

健斗は腕時計を見た。九時になろうとしていた。

「そろそろいくか」

「どこへ？」

「つぎいく？」

健斗は訊き返した。

「わたし、飲むのはもういい。ちょっと酔っちゃった」

「じゃあどうする？　絵里奈はどうしたい？」

「うーん、健斗とふたりきりになりたいな」

絵里奈は媚《こび》が感じられる眼つきになって、反応をうかがうように健斗を見ていうと、

「健斗は？」

と訊く。

「俺もだ。絵里奈とふたりきりになりたいよ」

期待したとおりの展開になって健斗は内心ニンマリしながら、絵里奈に笑いかけていった。

絵里奈も笑みを返した。ときめきが表れているような笑みだった。

居酒屋を出ると、絵里奈が健斗に腕をからめ、軀をもたせかけてきた。

そのまま、健斗はラブホテル街に向かった。気持ちが高揚して、絵里奈の重たげに張ったような乳房の感触を腕に感じて、胸がときめいていた。

そのわりに落ち着いていた。そのことに驚きながら、健斗は思った。

──有希さんと関係を持っていなかったら、ここまで落ち着いてはいられなかっただろう。

これまで有希さんとなんどもセックスして、しかもそのたびに年上の彼女をイキまくらせて翻弄している。

そんな経験があって、女に対して自信や余裕が生まれているのだ。

──経験するかしないかで、こんなにちがってくるなんて、女のことはとくにそうなのかも……。

健斗はそうも思った。

居酒屋を出て十分ほどして、ふたりはラブホテルの一室にいた。

「健斗、こういうホテル、きたことあるの？」

いかにもという照明や装飾の室内を、好奇な顔つきで見まわしながら絵里奈が訊く。

「まァな。絵里奈はきたことないのか」

ラブホテルにきたのは初めての健斗だが、適当に答えて訊き返した。

「そう。わたし、初めてなの」

「え!?　彼氏とはどうしてたんだ？」

「彼と逢うときは、ふつうのシティーホテルだったの」

「ボンボンの彼氏とはそうだったとしても、じゃあほかの彼氏のときは？」

「ひどいわ。何人も彼氏がいたみたいな言い方しないでよ」

ムッとして抗議する絵里奈に、健斗はあわてて、

「ごめんごめん。でも、いままでボンボンの彼氏一人ってことはないだろ？」

「やだ、取り調べされてるみたい」

「そうだよ。まずは男関係、つぎに身体検査だ」

「身体検査？　なんだかヤラシイ」

絵里奈はそういって笑った。ふたりは並んでベッドに腰かけていた。

「じゃあ、あとでわたしも健斗を取り調べるよ。いい？」

「ああ、いいよ」

「わたしの彼氏は、あと一人。高三になったときから付き合いはじめて、卒業と

同時に別れたんだけど、彼は地方出身の大学生で、マンションの彼の部屋で逢ってたの。その彼が、わたしの初体験の相手。どう、意外にマジメでしょ」

「……だな」

「なによ、その気のない返事。ホントのことというと、わたしがその大学生の彼氏と付き合ったの、健斗のせいでもあるのよ」

「俺のせい？　どういうことだよ」

健斗は意表を突かれて、驚いて訊いた。

「だって健斗、わたしのこと、まったく振り向いてくれないんだもの」

絵里奈は不服そうに答える。

「なんだ、それで彼と付き合ったっていうのか」

「なんだって、なによ。付き合っちゃいけなかったの」

「そういうわけじゃないけど、それで俺のせいだっていうのは、ちょっと無茶なんじゃないか。それに、高校んとき、絵里奈は俺のこと好きだったっていうけど、俺、全然わかんなかったよ」

「でしょうね。だって健斗、超がつくくらいマジメで、アメフト命だったもの。じゃなかったらわたし、告ってたかも。告っても絶対ダメだって思ったから、あきらめたのよ」

「そうか。惜しいことしたなァ」

健斗は苦笑いした。

「そうよ。健斗がわたしのこと、ちょっとでも気づいてくれてたら、もしかしてわたしたち、初体験の相手同士になってたかも」

絵里奈はどこか楽しげに笑っていう。

「で、その初体験の相手の彼氏だけど、どうして別れたんだ？」

「彼もちょうど卒業で、実家の会社を継ぐために田舎に帰ったの」

「それは残念だったな。涙の別れか」

「そうよ。かわいそうでしょ」

「ああ。だけど、そうじゃなかったら、絵里奈はいまも彼と付き合っていたかもしれないし、それだと俺とこんなところにきていなかっただろうし、ふたりの涙の別れは俺にとってラッキーだったということか」

「なによ、ひとの不幸をラッキーだなんて」

絵里奈は健斗を睨んだ。が、顔は笑っている。笑い顔のまま、どこか秘密めかしたような眼つきになって、

「わたしね、今日会ってお酒を飲んで話をするまで、ひょっとしたら健斗はまだ童貞じゃないかって思ってたの。でも話してたら、高校のときとは全然ちがってたし、第一、こういうホテルにもきたことがあるんだから当然、童貞なわけないわよね」

「ああ」

健斗は笑ってうなずいた。

「ね、健斗の初体験の相手、どんな人?」

絵里奈が興味津々に訊く。

「女だよ」

「そんなァ。わたしのことは聞いといて、ずる〜い!」

「男女関係の取り調べはこれくらいにして、もう身体検査をしよう」

いうなり健斗は絵里奈を抱き寄せた。

「あんッ」

絵里奈は甘い声を洩らしてされるままになった。

ふたりともすでに上着を脱いで上半身セーターになり、その下は絵里奈はタイトなミニスカート、健斗はジーパンだった。

見つめ合うと、絵里奈はそっと、ときめきの色をたたえている眼をつむった。明るいきれいなピンク色のルージュを引いた可愛い唇が、健斗を待っている。

健斗は唇を重ねた。唇と唇をすり合わせ、舌先でなぞる。

絵里奈が吐息のような鼻声を洩らして、わずかに唇を開いた。

健斗は舌を差し入れた。同時に手で、絵里奈のセーターの上から胸の膨らみをとらえて揉んだ。

健斗がからめていく舌に、絵里奈がせつなげな鼻声と一緒に舌をからめ返してくる。

濃厚なキスをつづけながら、健斗は乳房を揉んでいる手を、スカートから露出している太腿に移した。

ストッキングの滑らかな感触と一緒に感じられるピチピチした太腿を撫で、内腿からその奥に向かって手を這わせていく。

下着越しに手に触れた、股間のこんもりした盛り上がり――そこは、熱をおびている。

煽情的な盛り上がりの、秘めやかな割れ目が潜んでいるあたりを指でなぞりながら、健斗は唇を離して絵里奈の耳元で囁いた。

「シャワー、どうする？」

「出かける前に使ったから、いい」

絵里奈が腰をもじつかせながら、うわずった声でいう。

「俺も一緒だ」

そういうと、健斗は絵里奈のセーターを脱がせにかかった。

「自分で脱ぐ……」

それまでとはちがう、ちょっと硬い口調でいって、絵里奈はセーターに両手をかけた。

2

ベッドに腰かけたままの健斗の前に、サーモンピンク色のブラとショーツをつけただけの絵里奈が立っている。健斗がそうするよう仕向けたのだ。

健斗は濃紺のボクサーパンツだけになっていた。パンツの前を欲棒が突き上げていた。

無理もない。目の前に立っている絵里奈は、モデルとしても充分通用しそうな完璧なプロポーションをしていて、しかもその裸身は若さがあふれてピチピチしていて、まぶしいほどなのだ。

「ブラを取ってみて」

健斗がそういうと、絵里奈はうつむきかげんの顔をわずかにそむけた。

「恥ずかしいわ……」

つぶやくようにいいながらも両手を背中にまわすと、ブラを外していく。両手で交互に乳房を隠しながら取った。

——意外に恥ずかしがり屋なのかも……。

いかにも恥ずかしそうにしている絵里奈を見て、そう思いながら健斗はいった。

「両手を下ろして、絵里奈のオッパイ見せて」

「やだ、恥ずかしいよ」

絵里奈が訴えるような口調でいう。

「どうせ見られちゃうんだから、いいじゃん。ほら見せて」

「そんなァ、やだァ……」

嬌声をあげながらも、絵里奈はおずおず両手を下ろす。

あらわになった乳房を見て、健斗は思わず息を呑んだ。それは迫りくるようなボリュームがあって、重たげに張ったゴムまりのようだ。

「すごい。グラマーだとは想ってたけど、想像以上だよ。それに大きいだけじゃなくて、形もいい。きれいなオッパイだ」

驚き感動した健斗は、乳房から絵里奈の裸身に視線を這わせているうち、無意識に有希さんの軀と比べて見ていた。

ふたりの軀は、歳の差からしても当然といえば当然だが、あまりに対照的だ。一言でいえば、絵里奈のグラマーでプロポーションのいい軀は、どこか人工的な感じを受ける。それに対して有希さんの見るからに色っぽく熟れた軀は、自然でナマという感じだ。

健斗にとって、どっちがいいというわけではなかった。どっちもいい。どちらも欲情をそそられる。

有希さんに憧れてからは熟女好きを自認していた健斗だが、それは憧れのせいと、実際に熟女の軀とセックスを経験したからで、絵里奈の裸身を前にしているいまは、まだ彼女とのセックスは未経験とはいえ、熟女好きにこだわってはいられないと思った。

「ちょっと、後ろを向いてみて」

健斗がそういうと、絵里奈は『え!?』というような戸惑った表情を見せた。だがゆっくりと、後ろを向いた。

健斗の予想どおりだった。プリプリの尻朶がむき出しのヒップが、眼に飛び込んできた。

「やっぱり、Tバックか。いいな、絵里奈のヒップ、メッチャ形いいから、すげえエロいよ」

健斗は興奮していうと立ち上がり、後ろから絵里奈を抱きしめた。

「アアン……」

絵里奈が嬌声をあげて軀をくねらせる。

健斗が怒張を尻に突き当てたせいらしい。その肉がつまった感じでむちっとしている尻は、怒張をはね返すほど弾力がある。

健斗は両手に豊かな量感の乳房をとらえて揉んだ。乳房もヒップ同様、弾力があって、揉み応えがある。

絵里奈が感じてたまらなさそうな喘ぎ声を洩らしながら、腰をくねらせる。そうやってヒップを怒張にこすりつけてくる。

――と、絵里奈の手が自分のヒップと健斗の下腹部の間に侵入してきた。

「アアッ、健斗の、すごいッ」

パンツ越しに怒張を撫でまわしながら、絵里奈が昂った声でいう。

健斗はふと、フェラチオさせたくなった。

「絵里奈におしゃぶりしてもらいたいな」

耳元で囁くと、絵里奈を向き直らせた。

「え、いきなり？」

興奮した表情で戸惑ったように訊く。

「そう。絵里奈が『すごい』っていってくれたから、してほしくなったんだ。だめ？」

「だめじゃないけど、ちょっとビックリしちゃった……」

健斗は両手をパンツにかけると、ぎこちないような笑みを浮かべている絵里奈に見せつけるように勢いよく引き下げた。

ブルンと、派手に弾んで肉棒が露出すると同時に、絵里奈が喘いだ。眼を見張って、怒張を見ている。

そのまま、崩折《くずお》れるように健斗の前にひざまずくと、目の前の怒張を凝視したまま、それに唇をつけて舌を這わせてきた。

そのようすを、健斗は興奮を煽られながら見下ろしていた。

フェラチオは有希さんも上手いけど、若い絵里奈もすでに二人の男との経験があるせいか、なかなかのものだ。

亀頭にねっとりと舌をからめたり、怒張全体をなぞるようにして舐めまわしたりを繰り返したあとに、いまは咥えて顔を振って口腔でしごいている。

ただ、有希さんの場合は、フェラチオしているうちに興奮して、顔にもそれが表れて、しきりにせつなげな鼻声を洩らす。そればかりか、たまらなさそうに尻をうごめかせたりする。

若い絵里奈はフェラチオしていてもそこまで興奮しないのか、そういう反応はない。

それでも男を歓ばせるテクニックは充分ある。

そのゾクゾクする快感を味わいながら、健斗はいった。

「上手いな。気持ちいいよ」

絵里奈が肉棒を咥えて顔を振りながら、健斗を見上げた。興奮も加わってのことだろう、いままでない色っぽい眼つきだ。

その眼つきに挑発されて、健斗は腰を引いた。絵里奈の口から滑り出た肉棒が生々しく弾んだ。それを見て、絵里奈はまた喘いだ。フェラチオしたときの有希さんほどではないが、その顔には興奮の色が浮かんでいる。

健斗は絵里奈を抱いて立たせると、ベッドに上げて仰向けに寝かせた。覆い被さっていって、キスした。そうして軀を重ねていると、有希さんの場合はエロティックな柔和な感触に包み込まれる感じだが、絵里奈の場合はピチピチしていて、同じエロティックな感触でもはじき返されるようだ。

健斗が舌をからめていくと、絵里奈もからめ返してきた。それも甘い鼻声を洩らして軀をくねらせ、熱っぽくからめてくる。どうやら、下腹部に突き当たっている怒張に感じているらしい。

健斗は絵里奈の胸に移り、豊かなふくらみを両手で揉みながら、舌で乳首を舐めまわした。

絵里奈が繰り返しのけぞって、そのたびに感じた喘ぎ声を洩らす。そうしながら腰をうねらせて、下腹部を怒張に押しつけてくる。

健斗はさらに絵里奈の下半身に移動した。

かろうじて下腹部を覆っているサーモンピンク色のショーツが、もっこりと高く盛り上がっている。

健斗は両手をショーツにかけると、絵里奈を見た。

絵里奈は緊張したような表情の顔をそむけていた。

初めて絵里奈のシークレットゾーンを見る。

健斗はワクワクしながらショーツを下ろしていった。

それにつれて絵里奈が下半身を微妙に動かして、最後にショーツから脚を抜いた。

その間に眼に入った下腹部に、健斗は驚いていた。それを確かめるべく、絵里奈に両脚を伸ばさせた。同時に絵里奈が両手で下腹部を隠した。

「手をどけて」

健斗は絵里奈の両脚にまたがった格好で、手を剝ごうとした。

「アン、恥ずかしいわ」

絵里奈はそういって拒もうとしたが、すぐに手の力を抜いてされるままになった。

「え!?……」

健斗は眼を見張った。絵里奈の下腹部にはあるはずのものがなく、もっこり盛り上がってつるりとしている肉丘が、むきだしなのだ。

「脱毛したの」

絵里奈がいった。健斗は瞬時にわかった。

「そうか。そういえば最近、流行ってるみたいだな」

「そうなの。わたしがしたのは、〝VIO脱毛〟っていうの」

「ああ。ネットで見たことあるよ。確か、Vはビキニライン、Iは性器の周辺、Oは肛門のまわりを脱毛しちゃうんじゃなかったっけ？」

「そう。健斗、よく知ってるわね。健斗もしたら？」

「冗談はやめてくれよ」

「冗談じゃないわ。マジな話、男性にもけっこう流行ってるのよ。脱毛って、メリットが大きいから。第一、局部を清潔に保てること。それに女性の場合はヘアを整える手間が省けるし、セクシーな際どい下着をつけることもできる。ね、いいことずくめでしょ」

「そうかもしれないけど、でもこの状況でこの会話、ちょっとおかしくないか」

「え？　そっか、そうね」

つい熱心に話していたことに気づいたらしく、絵里奈はぷっと吹き出していった。

「だけど、ヘアがないってのも、むき出しって感じで、けっこう刺戟的だな」

健斗が絵里奈の下腹部を覗き込んでそういうと、

「やだ〜、そんなに見ないで〜」

絵里奈は嬌声をあげて身悶える。

健斗は絵里奈の両脚を強引に開いた。「だめ〜」と、また絵里奈が嬌声をあげる。本気でいやがっていないのは、明らかだ。その声音も身悶えもそれからは程遠く、なにより脚を開いたままになっている。

あからさまになっている秘苑を、健斗は覗き込んだ。

絵里奈のそこは、きれいの一言だ。割れ目から肉びらが少しばかりハミ出ているところは、多少ワイセツ感があるものの、その肉びらは薄いピンク色をしてみずみずしく、形状も整っている。

健斗は両手でそっと肉びらを分けた。「アッ」と戸惑ったような声と一緒に絵里奈の腰がヒクついた。

あらわになった秘めやかな粘膜は、女蜜にまみれて濡れ光っている。

健斗はそこに口をつけた。ヒクッとさっきよりも大きく腰が跳ねて、絵里奈がふるえをおびたような喘ぎ声を洩らした。

健斗は舌先でクリトリスをまさぐった。肉芽の感触をとらえると、それを舐めまわした。

「アアン、いいッ……アアッ、気持ちいいッ……アアン、たまンないッ……」

絵里奈が泣くような声で快感を訴える。

ほどなく、感泣が切羽詰まった感じになってきた。

絶頂が近いと判断して、健斗は舌を躍らせて攻めたてた。

とたんに絵里奈が軀を反り返らせた。

「だめだめッ……アアッ、イクッ、イッちゃう！」

あわてたようにいうと、すぐ感じ入った声で絶頂を告げて、そのまま腰を律動させた。

「絵里奈って、イキやすいのか」

健斗は上体を起こすと、あっけないほど早々と達した絵里奈を見て訊いた。

「そうみたい。とくにクンニは弱いの」

興奮さめやらない表情の絵里奈が、息を弾ませながらいう。

健斗は絵里奈の股間に眼をやった。クリトリスが玉のように膨れあがって、その上方も筋状に腫れあがっている。ヘアがないぶん、それがより露骨に見える。

「……だろうな。クリちゃんビンビンになってるよ」

そういいながら健斗は、怒張を手にして亀頭で肉芽をこねた。

「アンッ、アアンッ、感じちゃって、だめッ」

絵里奈はうろたえた表情になって腰をうごめかせながら、怯えたようにいう。

「またイッちゃいそうか」

健斗が亀頭で肉芽を撫でまわしながら訊くと、強くうなずき返して、

「アアンッ、きてッ」

と、両手を差し出して求める。

「これを入れてほしいか」

健斗は怒張で肉芽を叩いて訊いた。有希さんにもいったことがない言葉がひとりでに口をついて出ていた。相手が同級生で、なおかつ自分のほうが主導権を握っているせいかもしれない。

「アアッ、入れてッ」

絵里奈がもどかしそうに腰をくねらせて求めた。

健斗は亀頭で秘口を探り当てると、押し入った。

絵里奈が苦悶の表情を浮かべてのけぞった。いくぶん窮屈に感じられる蜜壺に

侵入したまま、健斗はじっとしていた。が、有希さんのそこのようなエロティックな反応はなかった。

健斗は肉棒をゆっくり抜き挿しした。それも浅い抽送を心がけた。

――ペニスの激しい抽送は、絶頂を迎えたときだけ。それぐらいに思っていたほうがいい。なぜなら、女はペニスをゆるやかに抽送されたほうが快感を得やすいから。

これは、いつか健斗ががむしゃらに突きたてていたとき、有希さんに教えられたことだ。

以来、健斗はそれを肝に銘じていた。

いまもそうしていると、絵里奈は感じた喘ぎ声に混じって快感を訴えた。

健斗は絵里奈を抱き起こした。対面座位の体位で、抱きかかえている絵里奈の軀を揺すると、

「アアンいいッ、わたし、これ好きッ」

絵里奈がしがみついてきて、昂った声でいうと自分から軀を上下に律動させる。

ただ、健斗の狙いはそれではなかった。仰向けに寝ると、絵里奈に騎乗位の体勢を取らせた。

れよ」

「チアダンスでやってたときみたいな腰使いが見たいな。ほら、やって見せてく
「やだァ。男って、同じようなことを思うのね」

絵里奈が身をくねらせておかしそうにいう。

「いわれたことがあるのか。だれに？」

「初めての彼……」

そういうと、絵里奈は健斗の両手を取って指をからめ、クイクイ腰を振りはじめた。

健斗は眼を奪われた。

引き締まって形よく張った腰が、まるでベリーダンサーのそれのようにリズミカルに律動したり、官能的に旋回したりするのだ。

それに合わせて若い蜜壺で怒張がこすりたてられ、こねくりまわされる。

「すごいッ。絵里奈、メッチャ気持ちいいよッ」

「わたしもッ。アアンいいッ、すぐイッちゃいそう」

「イッちゃっていいよ」

「だめッ、イクッ！」

いうなり絵里奈が上体を反らせ、そして健斗の上に倒れ込んでくると、しがみついて軀をわななかせた——。

3

絵理奈と初めて関係を持った二日後……。

舌を使って有希さんを絶頂に追いやると、健斗は有希さんの横にいって仰向けに寝た。ふたりとも全裸だった。

有希さんがゆっくり起き上がった。イッたばかりの、欲情して強張っている顔が、圧倒されるほどきれいで艶かしい。

いきり勃っている健斗の欲棒に屈み込もうとする有希さんを、健斗は制していった。

「ね、罰ゲームをしようよ」

「罰ゲーム？」

有希さんが鸚鵡返しに訊く。

「そう。シックスナインで、どっちが先にイクかイキそうになって降参するか勝負するんだ。で、勝ったほうは、負けたほうになんでもいうことを聞かせることができる。どう、おもしろいんじゃない？」

「そんな、そんなの、もうイッちゃってるわたしのほうが不利に決まってるじゃないの」

有希さんは抗議した。が、顔には微苦笑を浮かべている。

健斗はちょっと考えてからいった。

「じゃあ、ハンディをつけよう。初めの三分間は、俺はなにもしない。それでどう？」

「どうっていわれても、そんなこと、ハンディになるとは思えないわ。だって健斗、なんどもできるうえに我慢強いんだもの」

「それって、褒められてんのかな。でも有希さんのエロいフェラにかかったら、俺、三分ももたないかもしれない」

健斗は笑っていうと、有希さんの腰に手をかけて促した。

「やだ、エロいだなんて……」

笑いを含んだような口調でいいながら、有希さんは健斗と反対向きになって顔をまたぎ、シックスナインの体勢を取った。

顔の真上にあからさまになっている有希さんの秘苑を見て、健斗はふと、一昨日関係を持った絵里奈のそこを思い浮かべた。

ふたりの秘苑を比べると、ちがいという点でヘアの有無も大きいが、肉びらの形状や色なども、有希さんのほうがはるかにワイセツ感がある。

それが健斗を興奮させ欲情させるのだ。

健斗はゾクッとした。有希さんが亀頭に舌をからめてきたのだ。

その舌が、亀頭をねっとりと舐めまわす。そして、怒張に這うと、唇と舌でくすぐるようにして全体をなぞり、ときおり亀頭にもどって、また熱っぽく舐めまわす。

それがなんどか繰り返されて、怒張がつるりと熱い口腔粘膜に包み込まれる。

そして、そのえもいわれぬ気持ちのいい粘膜でしごかれる。

ゾクゾクする快感に襲われながら有希さんの秘苑を見ていた健斗は、そのうち見ているだけではすまなくなって、両手を肉びらの両側に当てると、そっと押し開いた。

「アンッ……」

有希さんは戸惑ったような声を洩らして腰をくねらせた。

「なにもしないって、約束よ」

怒張から口を離して、うわずった声でいう。

「ああ。見てるだけだよ」

健斗がそういうと、有希さんはまた怒張を咥え、顔を振ってしごく。

あからさまになっているピンク色の、微妙に凹凸がからみ合っている粘膜は、ジトッと女蜜にまみれている。

健斗は眼を見張った。

視線を感じてだろう。その粘膜がまるでイキモノのようにうごめいて収縮し、弛緩しているのだ。

そればかりか、そのすぐ上にあらわになっている褐色のすぼまりも、粘膜と連動したような動きを見せている。

その前から有希さんが洩らしていた悩ましい鼻声が、はっきり、せつなげなそれに変わってきた。

健斗のほうは、エロティックな生々しいうごめきを前にして、蜜壺の〝三段締め〟の動きが脳裏に浮かび、興奮を煽られた。

怒張がうずいてヒクついたからだろう。有希さんが呻いて、くねくね腰を振り、怒張から口を離した。

「ウウン、見てるだけじゃいや」

もどかしそうにいって、さらに焦れったそうに腰を振る。

健斗はクリトリスを剝き出した。ピンク色の真珠玉のようなそれに舌を這わせてこねた。

「アアッ……アアンッ、いいッ」

昂った声をあげると、有希さんはまた怒張を咥え、しごきはじめた。

一度イッて、クリトリスはより過敏になっている。クンニリングスとフェラチオの応酬による勝負の結果は、目に見えていた。

「だめッ、アアッ、もうだめッ」

ほどなく、有希さんがたまりかねたようにいって、健斗が舌を躍らせて攻めたてると、

「イクッ、イクイクーッ!」

泣き声で絶頂を告げながら、健斗の上に突っ伏した。

健斗は起き上がった。それに合わせて有希さんは仰向けになった。

「俺の勝ちだ。どうしてもらおうかな。どうせなら、メッチャ刺戟的なことがい

いな」

健斗が思わせぶりにいうと、有希さんは興奮醒めやらない表情で息を乱しながら、『いやァね』というように健斗を甘く睨んだ。

ところが健斗の指示を聞くと、とたんにその表情がうろたえたそれに変わった。無理もない。両膝を立てて思いきり開き、両手で肉びらを開くよう、健斗は指示したのだ。

「そんなァ、そんな恥ずかしいこと、いやッ」

有希さんは子供が駄々をこねるようにかぶりを振っていった。

「どうしてもいやだっていうんだったら、コレはお預けだよ」

健斗は怒張を手に揺すって見せつけた。

「残念だけど、今日は俺も我慢して帰るよ」

「そんな、いやッ、だめッ」

有希さんはあわてふためいていった。

いってすぐ、顔をそむけた。そして、いたたまれないような表情を浮かべると眼をつむった。

健斗は思わず身を乗り出した。

有希さんがそのまま両膝を立て、おずおず開いていく。

「こんな恥ずかしいこと、するなんて……わたし、健斗くんのせいで、どんどんいやらしくなってる……」

うわずった声でいいながら、健斗の指示どおり、膝を大きく開くと、股間を押さえている両手をずらして、

「いや」

と、小声のふるえ声を洩らして、肉びらを分けた。

「オーッ、すげえ！　こんなこと、ダンナさんの前でもしたことないんじゃない？」

健斗が興奮していうと、

「当たり前でしょ。夫のことはいわないでッ」

有希さんは怒った表情と口調になった。

「ごめん」

健斗は謝って、有希さんの股間ににじり寄った。怒張を手にすると、濡れそぼっている粘膜もあらわな肉びらの間を、亀頭でなぞった。

「アアッ……アアン、いいッ……」

とたんに有希さんが悩ましい表情になり、亀頭の動きに合わせて腰をうねらせながら健斗を見て、昂った声で訴えるようにいう。

「アアン、だめッ。アアッ、もう我慢できないッ。きてッ」

「入れてほしいの？」

有希さんは強くうなずき返す。夢中になって腰を律動させている。もうなりふりなんてかまっていられないというようすだ。

「なにを入れてほしいの？」

有希さんのいやらしい腰つきに煽られて、健斗は訊いた。

「ウンッ、健斗くんのペニスよ」

わかってるでしょ、という感じで焦れったそうに、有希さんがいう。

「ペニスを、どこに入れてほしいの？」

弾みで健斗は訊いた。

「そこッ。ねッ、アア早くぅ……」

有希さんはますます焦れて挿入を急かす。

「そこってどこ？　たぶんここだと思うんだけど、だったらここのいやらしい言い方で求めてほしいな。俺、有希さんがそんなことというの、聞きたいんだ」

健斗は亀頭で膣口をこねながらいった。

「健斗くん——！」

有希さんは絶句した。

一瞬色を失った顔に、すぐまた悩ましい表情がもどると、「いや」と先程と同じようにいたたまれなさそうなようすを見せて顔をそむけた。そして、膣口をこねつづけている亀頭の動きに合わせて腰をたまらなさそうにうねらせながら、眼をつむると、

「アアッ、オマ×コに入れてッ」

と、有希さんはいった。昂った、ふるえをおびたような声だった。

それを聞いた瞬間、健斗は興奮で頭が熱くなった。有希さんの呻くような声を聞いて我に返ったときには、蜜壺の奥まで突き入っていた。

健斗は緩やかに抽送した。それにつれて、有希さんの顔から苦悶の表情が消えて、かわって歓びの色がひろがっていく。

有希さんが泣くような喘ぎ声を洩らしはじめたところで、健斗は動きを止めて躯を重ね、唇を合わせた。

ほとんど一緒に舌が熱っぽくからみ合った。せつなげな鼻声を洩らす有希さん

の蜜壺が、健斗の欲棒をジワ～ッと締めつけながら咥え込んでいく。

「ああ、すごい。オマ×コがペニスを咥え込んでるよ」

健斗は有希さんの耳元で囁くようにいった。

「ウウン、だって、気持ちいいの」

有希さんがさもたまらなさそうに腰をうねらせて、息苦しそうにいう。

「上になりたいんじゃない？」

健斗が訊くと、

「なりたい」

すかさず有希さんは弾んだような声で応えた。

いまのように興奮と欲情が極度に高まっていると、すすんで騎乗位になりたがる——というのが、有希さんの、ある種癖だった。そういうことも、健斗にはもうわかっていた。

4

その夜、綾瀬憲一郎は上司の園部《そのべ》龍生《たつお》に誘われて、割烹料理店の個室にいた。

園部と飲食を共にするのは、久しぶりのことだった。その間、折々、同じ課の飲み会はあったが、ふたりだけでというのは、ここ数年なかった。

その理由は、おたがいに多忙ということに尽きる。課の飲み会は、いわば恒例行事のようなものだから適当に対応していればすむが、べつに予定を立ててということになると、なかなかむずかしい。

この日は珍しく、それに偶然にも、ふたりのスケジュールが空いていて、イッパイやろうということになったのだ。

綾瀬の役職は課長で、園部は局長である。入省以来、綾瀬は園部から眼をかけてもらって、なにかと世話になってきた。

ただ、その点が綾瀬にとって、いまだに不可解なところだった。

それというのも、綾瀬と園部はあまりにもタイプがちがうからだ。それでなぜ眼をかけ面倒を見てくれるのか、園部のそこが綾瀬にはわからないのだ。

園部龍生は、役人としては型破りなタイプといっていい。

豪放磊落《ごうほうらいらく》な面がある一方、緻密で頭の回転が早く、キレる。そのため仕事はできる。だから、四十九歳で局長の地位に就いている。

ところが女関係が派手で、ひと頃、愛人のところから出勤しているという噂がたったほどだ。

当時は最初の妻がいたときで、その愛人の前後にもいろいろ女がいた。綾瀬がなぜそれを知っているかといえば、園部当人から聞いていたからだ。それが元で、最初の妻とは離婚。夫婦の間には二人の子供がいたが、子供は妻が引き取り、園部が養育の面倒をみてきて、二人とももう独立しているらしい。

もっともここ数年、園部の女関係の噂は綾瀬の耳に入ってこない。本人からも聞いたことがない。

園部は六、七年前に再婚している。派手に女と遊んできた園部が見初めただけのことはあって、相手は八歳年下の、色っぽい美人だ。

そんな園部とは、綾瀬は対照的なタイプである。謹厳実直、コツコツ仕事をこなして確実に成果をあげる、いわば典型的な役人タイプだ。妻以外の女関係など、先にリスクを考えて思いも寄らない。

ただ、園部がなぜ自分に眼をかけてくれたのか考えたとき、綾瀬にも一つだけ、想像することがあった。

それは園部にとって、仕事をする上で、コイツは確実に役に立つと考えたからではないか。

そう思ったのだ。

実際、これまで園部の下で、その期待に応えてきたのは事実だった。

そして綾瀬自身、女関係はともあれ、役人としては型破りだが、だれよりも抜きん出て仕事のできる園部に対して、畏敬の念を抱いていた。

久々に飲み食いしながら仕事のことを話しているうち、園部が話題を綾瀬のプライベートなことに振ってきた。

「ところで、奥さんには久しく会っていないけど、有希さん変わりないかね」

「ええ。変わりなくやっております」

「うちでも心配していたんだよ。有希さん、〝妊活〟がうまくいかなくて、きみよりショックが大きかったようだからね、あのあと、大丈夫だろうかって」

綾瀬と有希は以前、園部夫婦となんどか食事したことがあって、〝妊活〟のことも話していたのだ。それが不首尾に終わったとき、園部夫婦が慰めの食事会を開いてくれて、夫婦同士で会ったのは、それが最後だった。

「ご心配いただき、ありがとうございます。確かに妻は相当こたえてましたが、少しずつ現実を受け入れることができたようで、いまはもう大丈夫です」

「そうか。それならよかった。で、ちょっと立ち入ったことを訊くけど、気をわるくしないでくれ」

思わせぶりなことをいうと、園部は猪口の酒を飲み干した。綾瀬は酒を継ぎながらいった。

「ええ。なんでしょう？」

「きみと有希さんとのセックス、うまくいってるのか」

「え!?——」

唐突に思いがけないことを訊かれて綾瀬は戸惑い、答えに窮した。

「あ、いや、マジメな綾瀬くんにする質問にしては、いささか配慮を欠いたようだな。すまん」

園部は苦笑して謝った。

「いえ。ちょっとびっくりしたものですから……」

「なぜセックスのことをいったかというと、そっちのほうでも心配なことがあったからなんだ」

謝ったわりに気にするようすもなく、園部はいう。

「というのも、〝妊活〟中は当然、きみも有希さんもがんばる。ところがうまくいかなくて〝妊活〟をやめると、気落ちしたところにそれまでがんばってきた反動が重なって、夫婦ともヤル気をなくしてしまうことが、ままある。つまり、セックスレスに陥ってしまうというわけだ。きみと有希さんの場合、そういうことはどう？　問題ないのかね」

綾瀬は狼狽した。園部のいうことが、まるで自分のことを見ているかのように聞こえたからだ。

「それは、まァ……」

思わずそういって、あとがつづかない。が、認めたも同然だった。

「やはり、そうなのか」

我が意を得たり、というような表情で園部がいった。

「いやね、少し前からのことなんだけど、きみのことが気になったんだよ」

「ぼくのことがですか？」

綾瀬は当惑しながら訊いた。園部はうなずいて、

「きみ自身はそれほど思わなかったかもしれないし、いまもそうかもしれないが、きみのことをよく知っている俺から見ていると、どうも以前のきみとはちがう、なんとなく精彩に欠けている。そう感じていたんだよ。で、これは奥さんとのセックスが関係しているんじゃないか、と直感したんだ。男の活力の源は、セッ

クスだからね。それにそういうところの勘は、自慢じゃないが俺は人一倍鋭いんだ。ただ、きみとゆっくり話す機会がなかなかなくて、やっと今日になったわけだ。どうだね、悩み事があるんだったら、俺に話してみないか」

「え、ええ。ただ、ぼく自身、仕事の忙しさもあって、それほど深刻には考えてなかったんですけど、というか考えることを避けていたといったほうが正しいと思うんですけど、正直いって局長のいわれたとおり、妻とはセックスレスなんです」

もとよりセックスレスのことを他人に話す気などなかった綾瀬だが、園部の熱っぽい話しぶりと酒の酔いもあって、つい打ち明けていた。

「レスになって、どれぐらいなんだ？」

園部が訊く。

「……三年ちかくになると思います」

綾瀬はちょっと考えてから答えた。

「そりゃあまずいなァ。危機的状況じゃないか。きみのことだ、まさかほかに女がいるなんて考えられないし、かりにいたとしたら精彩を欠くようなことはないだろうし、第一、あんなに魅力的な奥さんがいて、どうして三年ちかくもレスなんだ？　これじゃあまずいなんて思う前に、なにがあろうが男としてなんとしても抱くだろう。どうしてそうしないんだ？」

「仕事に追われてるうちに、タイミングを逸したというか、で、そのままきちゃってるって感じなんです」

「じゃあ訊くけど、きみは奥さんのことを愛していて、抱きたいという気持ちはあるのか」

「……ええ、あります」

綾瀬は照れながら答えた。

「きみから見て、有希さんのほうはどうだ？」

「妻も、愛してくれていると思います」

「有希さんからきみを求めてきたことは？」

「ありません。妻は、そういうことをするタイプではないですから」

「タイプか。きみからそんな言葉を聞くとは思わなかったよ」

園部は揶揄する笑いを浮かべていった。

女の経験が少ないのに、そんなことがいえるのかといっているのだ。綾瀬はあわてて言い直した。

「あ、いえ、感じってことです」

「感じにしても、女はわからないぞ。俺なんかでも、いまだにわからない」

園部は自嘲ぎみに笑っていうと、真顔になって、

「で、有希さんがセックスがないのを不満に思っているようすは？」

「とくに、それはないと思うんですけど……」

「自信なさそうな答弁だな」

園部は笑っていった。

「要するにきみ自身、仕事にかまけてレスのことを深刻に考えていなかった、奥さんのこともとくに気にかけてこなかった、それでもたぶん問題はないだろうと思うけれど、本当のところはわからない。そういうことだろ？」

「ええ、そうですね」

園部の指摘は、まさに的を射ていた。綾瀬は認めるしかなかった。

「ところで有希さん、何歳だっけ？」

「三十六です」

「三十六といえば、女ざかりだ。女ざかりの軀が、三年ちかくもレスで我慢できると思うかね。ふつうに考えれば、浮気をしていてもおかしくない。まさかあの

有希さんにかぎって、とは思うけれど、女はわからないからなァ」

「局長、やめてください！」

綾瀬は思わず強い口調で園部を制した。

「冗談、冗談だよ」

「それにしてもあんまりです」

「そう怒るな。これもきみたち夫婦を心配してのことなんだ」

園部は綾瀬の機嫌を執り成すと、

「じつは、セックスレスに陥っているような夫婦にとって、新婚時代にもないような新鮮で刺戟的な関係にもどる、これ以上ない方法があるんだよ」

そういって、人の心を射抜くような眼光を鋭くし、秘密の話を持ちかけるかのように身を乗り出した。

5

シャワーを浴びながら、綾瀬憲一郎は自分の気持ちがかつてないほど昂っているのを感じていた。

もっともこの昂りは、今夜久しぶりに飲食を共にした上司の園部龍生と別れてから、ずっとつづいていた。

原因は、園部が最後に語った、思いも寄らない、ショッキングな話だった。

「その方法はね、スワッピングなんだ」

園部はそういうと、耳を疑って唖然としている綾瀬にスワッピング、すなわち夫婦交換について、詳しく話したのだ。

それによると、園部夫婦も数年前からスワッピングを実践しているという。同好の士がつくっている会員制のクラブがあって、新規会員はまず、既存の会員の紹介が必要で、そのうえ社会的な地位や品行など、いろいろ厳しいチェックを受けて、それをクリアしなければならない。さらに会員同士のプライバシーを守るための厳密な規則があり、万全のシステムで秘密が保たれているらしい。

驚愕のあまり口もきけなかった綾瀬がやっと言葉を発したのは、そんなクラブの説明が終わったあとだった。

「でも奥様、平気なんですか」

園部の妻は、佳乃《よしの》といって、確か綾瀬と同い年の四十五歳のはずで、元銀座のクラブのママだった。

その妻のことが、まっさきに綾部の頭に浮かんだのだ。

「それがおもしろいんだよ。スワッピングのことを思いついたのは、妻なんだ」

園部はおかしそうにいった。

再婚しても園部の女癖は治らず、それに業を煮やした妻が、たまたま知り合いからスワッピング・クラブの話を聞いてきて、いっそのこと夫婦一緒に楽しめば問題は解決するんじゃないかと考えて、園部に持ちかけたらしい。

「いやァ、これには驚かされたし、うろたえさせられたよ。というのも自分は浮気をしているくせに、いざ妻がほかの男に抱かれると思ったら、我ながら情けないほど嫉妬してあわてたからね」

園部は自嘲の笑いを浮かべていった。

「ところがスワッピングのキモは、そこなんだよ。この嫉妬ってやつが、ほかのセックスにはない刺戟でね、しかも強烈なんだ。ただ、この刺戟を味わうためには、妻が本当に好きで、愛していなければいけない。どうでもいい妻なら、ほかの男とどうしようと嫉妬もしない。だけど、好きで愛している妻が目の前でほかの男とセックスしているのを見たら、それもよがっているのを見たら、綾瀬くん、きみならどう思う？」

唐突に話を振られて、綾瀬は狼狽し、あわてた。

「そ、それは、経験ないですから、わかりません」

「じゃあ、有希さんがそうしてるとこを想像してごらん」

「そんな……」

「とても平静ではいられないんじゃないか」

「当然、そうですね」

「これが想像じゃなくて現実だと、それどころじゃないんだ。嫉妬するあまりどうにかなってしまうんじゃないかって気持ちになって、それでいながら異常に興奮して、ムスコなんか若い頃を思い出すほどビンビンになってる。妻だって異常に興奮している。だからスワップのあと、夫婦で盛り上がる。それに一緒に楽しんだことで、おたがいによりやさしくなり仲良くなる。これがスワップの一番のメリットなんだよ。どうだ、きみのところもやってみないか」

「あ、いえ、うちはちょっと……」

綾瀬がしどろもどろに尻込みすると、

「そうか。でも夫婦の危機を回避するためには、悠長なことはいってられないぞ。手始めに、おたがい気心が知れているうちとするのもいいんじゃないか。その気になったら、いつでもそういってくれ」

園部はそういってお猪口を持ち上げた。

綾部は返す言葉がなく、黙って小さく頭を下げてお猪口を合わせた。そうするほかなかった。

……園部とのやりとりを思い返しているうちに、綾瀬の軀に変調が表れてきていた。

ペニスが強張ってきていたのだ。

そのことに、綾部は戸惑い、うろたえた。

自分を叱責した。

有希がほかの男に抱かれているのを想像して、激しい嫉妬をかきたてられながらも、そんなことになってしまっていたからだった。

なにもスワッピングに興味がわいてきたわけではなかった。それどころか、そんな異常なことはできない、自分や有希にはまったく無縁のことだ。そう思っていた。

綾部は脱衣場に出てバスタオルで軀を拭きながら、下腹部を見下ろした。

強張ってきたとはいえ、ペニスに力感がみなぎっているわけではなかった。いわゆる、半勃《はんだ》ちの状態だった。

セックスレスになってからというもの、当初はそれほどでもなかったが、徐々にこういう状態になった。有希とのセックスを考えても、半勃ちにはなるものの、それ以上硬くはならないのだ。

それだけではない。妻が着替えをしているとき、下着姿になったり半裸になったりしているのを見ても、同様だった。

——使わないうちに感度が鈍って、勃ちがわるくなってしまったのか……。

そう思って愕然とした綾瀬の脳裏を、焦りをおぼえるような言葉が去来した。

夫婦の危機……女ざかり……浮気……。

綾瀬はバスローブをまとうと、意を決して脱衣場を出た。心なしか、ペニスに力感がもどってきたような気がした。

すでに真夜中だった。有希はとっくに眠っているはずだった。そうするように綾瀬からいっておいた。

音を殺してそっと寝室に入った。なにか考えがあってのことではなかった。妻の眠りを妨げないよう、いつも注意していることだった。

寝室は暗闇ではなかった。二つのベッドの間にあるナイトテーブルの上の、スタンドの小さなライトが灯っていて、その柔らかい明かりがベッドの上にひろがっていた。

――なにやってんだ?

綾瀬は自嘲した。三年ちかくも妻の軀に接していないため、極度に緊張してしまって、どうしていいかわからなくなっているのだ。

妻は綾瀬のほうに背中を向けて寝ていた。布団が腰の形状を描いて、こんもり盛り上がっている。

それを見て綾瀬は、自分でも戸惑うほど欲情した。しばらくなかったことだ。ズキンとペニスがうずいて、しっかり勃ってきた。

そろりと、妻が寝ている布団の裾をめくってみた。

妻は花柄のパジャマを着ていた。布団越しに見るよりも、ヒップのまるみが生々しく見えて、綾瀬の強張りがヒクついた。

――なんだか、夜這いをしてるみたいだ。

そう思った瞬間、綾瀬はドキッとした。妻が軀の向きを変えて、仰向けになったのだ。

パジャマのズボンが股間に食い込み、割れ目とその両側の膨らみがくっきり現れているのが、眼に入った。

綾瀬は一気に欲情した。両手をパジャマのズボンにかけると、それでもゆっくりずり下げた。

ローズピンク色のショーツをつけた腰が現れた。

官能的にひろがっている腰……ショーツのこんもりした丘……ほどよく肉がついた太腿……。

ドキドキしながら舐めるように見ていると、妻が呻いて膝を立てた。

眼と眼が合った。

「あなた！」

妻の驚きの表情と声――。

「ごめん。起こしちゃったな」

綾瀬は苦笑いして謝った。

「どうしたの!?　へんなことして」

妻はあわててパジャマのズボンを上げながら、問い詰める口調でいった。

「なんだか、急に有希が欲しくなってさ」

綾瀬は本音を口にした。

「そんな……今夜は、園部局長と飲んでたんでしょ。酔っぱらったの？」

妻は戸惑いながらもなじるような口調でいう。

「酔っぱらってはいないよ」

「じゃあなにかあったの？」

「まァね。ちょっと刺戟的な話をしてたんだ」

「園部局長のことだから、どうせエッチな話でしょ」

「いま頃、局長、くしゃみしてるよ」

笑っていいながら、綾瀬はバスローブを脱いだ。トランクスの前は盛り上がっていた。妻がそれを見て、なぜかうろたえたような表情をした。

──久しぶりだから、有希も戸惑っているらしい。

そう思いながら、綾瀬は妻のベッドに滑り込んだ。

布団を剝ぐと、キスを求めた。おたがいにぎこちないキスになった。それでも綾瀬が舌を入れてからめていくと、妻もからめて返してきた。といっても妻の舌の動きは、どこかおずおずした感じだ。

綾瀬はキスをつづけながら、妻のパジャマの上から胸の膨らみを揉んだ。妻がせつなげな鼻声を洩らす。それを機に、舌の動きがねっとりしたものになった。

「久しぶりすぎちゃって、なんだか照れちゃうな」

綾瀬がパジャマの上着のボタンを外していきながら、妻に笑いかけていうと、

「局長と、どんな刺戟的な話をしてたの？」

妻も気恥ずかしいらしく、顔をそむけて話のつづきをするような感じで訊く。

いまここでスワッピングの話をして、園部からすすめられたことを話せば、妻はショックを受けて動揺するに決まっている。そうなったら、久々のセックスどころではなくなる。

綾瀬はそう考え、

「あとで話すよ」

と答えて、妻のパジャマの上着を取り、さらにズボン、ショーツを脱がした。

そして、自分もトランクスを脱ぐと、妻に覆い被さっていった。

両手で乳房を揉み、乳首を口と舌でなぶる。それにつれて妻がのけぞって、喘ぎ声を洩らす。

ただ、妻にとっても久しぶりのせいか、それともそう思う綾瀬の気のせいか、その反応にどこかぎこちなさや戸惑いのようなものが感じられる。

そんな綾瀬のほうは、気持ち的にも肉体的にも、妻との行為の感覚が徐々によみがえってきていた。

ひとしきり乳房の感触と妻の反応を堪能して、下半身に移動した。

初めのうちはどこかぎこちなさや戸惑いのようなものが感じられた妻だが、綾瀬が乳房から顔を上げる前には、感泣するような喘ぎ声を洩らしていた。

綾瀬は妻の両脚の間に軀を入れると、手でヘアを撫で上げ、ついで両手で割れ目を開いた。

薄明かりのもとでも、あらわになった粘膜がジトッと濡れているのがわかった。

綾瀬はそこに口をつけた。

「アッ……」

妻が息を飲んだような声を発してのけぞった。

綾瀬は舌で割れ目の上端に潜む肉芽を探り当て、舐めまわした。

「アンッ……アアッ……アアンッ……」

妻がきれぎれに感じた喘ぎ声を洩らす。

感じやすい軀をしている妻だが、クリトリスはとくに過敏だ。それで綾瀬は驚いたことがあった。

〝妊活〟に励んでいたときのことだ。綾瀬は前戯も、とりわけクンニリングスも熱心に行っていた。というのもそれまでは、前戯はそれなりに感じさせればいいというぐらいにしか考えていなくて、クンニリングスをしないで指を使うほうが多かったのだ。それも指で妻をイカせることなどなかった。

そんなありさまだから、クンニリングスで初めて妻がイッたとき、そのことにも過敏さにも驚いた、というより驚かされたのだ。

それがあって、〝妊活〟中は挿入前には必ずクンニリングスで妻をイカせるのが、ルーティンのようになっていた。そうしたほうが妻の興奮度が高まって、妊娠するために効果的だからでもあった。

「アアッ、あなたッ、もうだめッ」

夢中になって肉芽に舌を使っていると、妻が泣き声でいった。

綾瀬は上体を起こして妻を見やった。

妻は顔をそむけていた。その顔には興奮の色が浮きたっていた。そして、息を弾ませている。

綾瀬は軀を合わせた。両手で妻の顔を挟んで自分のほうを向かせると、唇を奪った。

妻が艶かしい鼻声を洩らした。綾瀬は舌を差し入れて、妻の舌にからめた。妻もからめ返してきて、鼻声を洩らす。こんどは、せつなげな鼻声だ。

妻は軀をくねらせている。そうやって綾瀬の強張りに下腹部をこすりつけている感じだ。

綾瀬は唇を妻の首筋に這わせながら、妻の手を取った。少し腰をずらすと、その手を強張りに導いた。

一瞬、ためらうような動きを見せた妻の手が、おずおず強張りを握る。

そこで、こんどは綾瀬のほうがためらった。

セックスレスに陥る前、妻にフェラチオしてもらっているうちに、勃起しているペニスがどういうわけか萎えてきてしまったのだ。

あとから考えると、そのことがなんとなく、セックスレスに陥る前兆のように思えて、綾瀬にとってちょっとしたトラウマのようになっていた。

それが頭をよぎって、妻にフェラチオを求めるべきかどうか迷い、ためらったのだ。

そのとき、妻がゆっくり起き上がった。

夫婦の行為のなかでは、こういう流れのつぎの行為は決まっていた。妻の有希がフェラチオするのだ。

気持ちが定まらない綾瀬は、内心あわてた。腰をついて両脚を投げ出した格好の綾瀬の股間に、妻が顔をうずめてきたのだ。

強張りに妻の手が添えられる。いやな予感が頭をよぎって、綾瀬は思わず天を仰いだ。

つぎの瞬間、ゾクッとした。妻の舌が亀頭にからんできて、舐めまわす。身ぶるいするような快感に襲われながら、綾瀬は股間を見やった。

妻が肉棒を咥え、顔を振ってしごいている。眼をつむっているが、明らかに興奮しているとわかる、艶めいた顔をしている。

「うふん……」

妻がせつなげな鼻声をもらして、肉棒から口を離した。咥えてしごいているのが、興奮して苦しくなった、というような感じだ。そして、貪るように肉棒全体を舐めまわす。

——ん？　こんないやらしいフェラチオをしていたっけ。

綾瀬はふと思った。

不意に激しくうろたえると同時に頭が熱くなった。

妻のフェラチオに見入って訝ったそのとき、なぜか園部のいかにも精力家を想わせる顔が頭に浮かび、さらに妻が咥えている肉棒が綾部自身のものではなく、園部のものに見えたのだ。

妻がまた肉棒を咥えて顔を振りはじめた。そうしながらきれぎれに、さもたまらなさそうな甘い鼻声を洩らす。

綾瀬の頭には、禍々しいシーンが焼きついたままだった。園部の顔、その肉棒をしゃぶっている妻……。

綾瀬は身を焼かれるような嫉妬に襲われた。

ところが、またしてもうろたえた。あろうことか、いままでにないほどペニスがいきり勃っているのだ。

「アアンッ、あなた……」

妻の昂った声で、綾瀬は我に返った。妻が目の前の怒張を凝視していた。興奮しきって欲情しているような表情のなかに、いきり勃っているペニスに驚いているような感じもあった。

綾瀬は妻を押し倒すようにして仰向けにすると、すぐさま怒張を蜜壺に挿し込んだ。

「アアーッ！」

力強く貫いた快感を綾瀬が受けると同時に、妻がいまだかつてないような感じ入った声を放ってのけぞった。

綾瀬は腰を使った。それに合わせて妻が悩ましい表情を浮かべて昂った声を洩らす。

ここでも綾瀬の頭のなかに園部が浮かんできて、行為をしているのが自分か園部かわからなくなった。同時に嫉妬をかきたてられ、興奮を煽られる。

綾部は妻を抱き起こした。

「アアッ、あなた！」

妻が感極まったようにいって抱きついてきた。

「いいのか」

綾部が耳元で訊くと、

「いいッ、いいのッ」

腰をクイクイ振りたてながら、息せき切っていう。

綾部は仰向けに寝た。

上になった妻が綾部の胸に両手をついて、煽情的な線を描いている腰を律動させる。

「アアッ、当たるッ、いいッ……」

怒張の先と子宮口がグリグリこすれる快感を、ふるえ声で告げる。

そんな妻を見ながら、綾部は思った。

――局長としても、こんなに感じてしまうんだろうか。いや、感じないということのほうがおかしいだろう。それどころか、いまより感じて乱れてしまうかも……。

いたたまれない思いが込み上げてきて、また嫉妬をかきたてられる。そのために、ペニスが途中で萎える懸念はまったくなさそうだった。

第四章　夫婦交姦

1

有希にとって、悩ましい日々がつづいていた。

突然夫に求められて、およそ三年ぶりにセックスしてから一週間になろうとしていた。

あのとき、有希は驚き、ひどくうろたえた。

三年ぶりとはいえ、夫婦なのだから驚きはしても、ふつうなら、うろたえるのはおかしい。だが有希の場合、ふつうではない。健斗とのことがある。

そのためにひどくうろたえたのだ。

あの夜の夫は、一体なにがあったのか、いままでの夫ではなかった。

上司の園部局長と飲んで刺戟的な話をしたといっていたけれど、どんな話か有希が訊くと、「あとで話す」といったきり教えてくれず、そのままになっている。

有希がもっとも驚いたのは、夫のペニスだった。

それは、〝妊活〟に励んでいたときにもなかったほど——というよりもっと若い、有希と関係を持った当初のように、力強くエレクトしていた。

ただ、有希としては、夫との行為にすんなり入っていけなかった。

健斗とのことで気持ちのなかにこびりついて離れない罪悪感やうしろめたさのために、戸惑いやためらいが生まれて、心身ともぎこちないものになった。

ところがそのうち有希は、べつの意味で戸惑い、うろたえさせられることになった。

気がつくと、いつしか夫の愛撫に感応していたのだ。そればかりか有希自身、夫を求める気持ちになっていた。

だが、行為が終わると、いままでにない、胸が押しつぶされるような罪悪感に苛まれた。

健斗とのことが、ますます罪深いことに思えてきたからだった。

その健斗とは、この一週間、逢っていなかった。

有希が、体調がすぐれないからといってそうしたのだ。逢わないための口実だったが、実際、気持ちは罪悪感のためにすぐれなかった。

それでも健斗はすぐには聞き入れなかった。今日がだめなら明日は、と迫ってきた。

それをなんとかなだめすかして説得してきたものの、もう無理だった。

今日、健斗と逢うことになっていた。

この一週間のうち、夫はあの夜を含めて三度、有希を求めてきた。まるで〝妊活〟のときにもどったかのようだった。

ところがどうしたわけか、二度目の行為では、インサートして抽送しているうちにペニスが元気を失ってしまい、三度目は、フェラチオまでは強張っていたものの、インサートの直前で萎えてしまった。

「すまない。なんか、気合を入れすぎちゃったみたいだな」

謝って自嘲する夫を、

「いいのよ、あなた。無理しないで」

有希はやさしくいって慰めるほかなかった。

部屋に入るなり、健斗が有希を抱きしめてきた。

「ちょ、ちょっと待って」

有希はあわてていって健斗を押しやった。

「どうして？　ずっと逢えなかったんだよ」

「わたし、健斗くんに話があるの」

「話？　なに？」

この一週間、有希はなんども健斗に話そうと思った。話さなければいけないと思った。だが健斗の反応を考えると、すんなりと受け入れてくれるとは思えなかった。

それどころか、へんにこじれて、よけいに厄介なことになるかもしれない。

そんな心配もあって、なかなか話すことができなかったのだ。

だがもう、そんなこともいってられなかった。

「健斗くんとわたしのことよ」

と、有希は切り出した。

「夫がいて、年上のわたしはもちろんだけど、健斗くんだって、いいことだとは思ってないでしょ」

「……なに？　どういうこと？」

健斗が有希を探るように見て訊く。

「わたしたちのこと、もう終わりにしたいの」

「そんな！　なんだよ急に。勝手なこといわないでよ」

有希の穏やかな口調とは反対に、健斗は声を高め、荒らげた。

「おねがい、わかってちょうだい。このままだと、おたがい、決していいことにはならないわ。最悪なことになる前に、終わりにしなきゃいけないの、もう逢ってはいけないの。ね、お願いだからわかって」

健斗の感情をできるだけ刺戟しないよう、有希は努めて平静な口調で訴えた。

「そんなこと、急にいわれてもわかんないし、いやだよ」

有希がいうのを、強張った表情でうつむいて聞いていた健斗が、そのまま声を絞り出すようにいった。そして、顔を上げると、

「俺、絶対にいやだからね」

と、強い口調で宣告するようにいう。

できれば、このことはいわないでおきたい、いいたくない。そう思っていた有

希だが、健斗の反応を見て、それではすまなくなって口に出した。

「わたし、夫とセックスしたの」

こんどは有希のほうがうつむいて、抑揚のない口調でいうと、一瞬、健斗がうろたえたのが、気配でわかった。

「だから、健斗くんとはもう逢えないの。逢っちゃいけないの。わかってくれるでしょ」

「いやだ！」

いうなり健斗はまた有希を抱きしめた。

そのままベッドに倒れ込むと、乱暴な手つきで有希が着ているものを脱がして、というより剝ぎ取っていく。

「健斗くん、これが最後よ……おねがいだから、わかって……わたしたちのこと、いい思い出にしましょ」

有希はされるままになって息を乱しながら、猛りたっている健斗に言葉をかけた。

健斗は無言のまま、あっというまに有希をショーツだけにした。

有希は黒いTバックショーツをつけていた。ショーツの黒い色は、これが最後という思いを、そしてTバックは、せめて健斗を歓ばせてやりたいという気持ちを、それぞれ込めてのことだった。

黒いTバックショーツだけでベッドに仰向けになっている有希を見下ろしながら、健斗はもどかしげに自分の着ているものを脱ぎ捨てていく。

その顔には、猛々しい欲情や興奮だけでなく、遣り場のない感情が交錯しているような表情が現れている。

有希は健斗の真っ赤なボクサーパンツの前に眼を奪われていた。露骨に突きあがっているそこが、あたかも自分の股間を狙っているかのように見えて、ズキッと女芯がうずき、思わず両脚を締めつけた。

そのうごきが、ある不安を有希に思い起こさせた。

ペニスは凄味があるほど逞しく、性欲もスタミナも恐ろしくある若い健斗とのセックスに溺れ、その虜になっているこの軀が、健斗を失ったとき、一体どうなるのだろう——という不安だった。

ましてや、夫とはまたしてもセックスレスになりそうな感じだった。

一瞬、そんな不安にとらわれたとき、健斗が有希に見せつけるようにしてパンツを引き下げた。

「アアッ！――」

肉棒が露出すると同時に、まさに棍棒のようなそれがブルンと大きく、生々しく弾んで腹を叩くのを見て、ふるえ声が有希の口をついて出た。

健斗はパンツを脱ぎ捨てると、有希の軀にまたがってきた。

有希は戸惑った。健斗がそのまま顔の上に移動してきたのだ。

健斗は肉棒を手にすると、それで有希の顔面をなぞる。

「そんな、いやッ」

有希は嫌悪感と一緒に屈辱感をおぼえて顔を振った。が、そうすると、逃れるより顔を怒張にこすりつけてしまう。

「い、いや……」

声がうわずった。しかも昂った感じになった。

怒張で顔を撫でまわされているうちに、いつのまにか嫌悪感や屈辱感にかわって、有希は興奮に見舞われていたのだ。

「ほら、しゃぶってよ」

健斗が亀頭で唇をなぞりながらいう。

「アアッ……」

昴りが声になって、有希は舌を差し出して亀頭にからめていった。得体のしれない興奮に襲われて、頭がクラクラしていた。

2

眼をつむって肉棒を舐めまわしている有希さんを、健斗は収拾がつかない気持ちのまま、見下ろしていた。

『わたし、夫とセックスしたの』『だから、健斗くんとはもう逢えないの。逢っちゃいけないの。わかってくれるでしょ』

有希さんがいったその声が、耳の奥で繰り返し聞こえていた。

そのたびに気持ちを逆撫でされて、憤りとも怒りともつかない激しい感情がわきあがってくる。

『そんなの、わかるわけないだろ!』

健斗は胸のなかで怒声を発した。

そんな健斗の気持ちを知ってか知らずか、肉棒を唇と舌でなぞっている有希さんの顔には、興奮の色が浮きたっている。

『健斗くん、これが最後よ』『わたしたちのこと、いい思い出にしましょ』

有希さんのうっとりとした表情とその声がダブッて、健斗はいたたまれなくなった。有希さんを起こすと、その前に立ちふさがるようにして怒張を突きつけた。

有希さんはためらいもなく、両手を肉棒に添えて舌をからめてきた。亀頭をねっとりと舐めまわし、唇の間に滑らかに受け入れると、緩やかに顔を振る。

肉棒を咥えてさらに興奮の色が強まり、どっと艶かしくなってきた有希さんの表情。その口腔の粘膜でしごかれて肉棒に生まれる、くすぐりたてられるような快感……。

それを見て、そして感じているうちに、健斗は不意に妬ましさと腹立たしさが入り混じった感情に襲われた。

「ダンナさんのも、そうやってしごいたの？」

有希さんが顔を振るのを止め、眼を開けて健斗を見上げた。

その凄艶な眼つきに、健斗は気圧された。

──と、有希さんが肉棒から口を話した。

「ええ、そうよ」

どこか醒めたような口調でいうと、有希さんはまた怒張を咥え、顔を振ってしごきはじめた。それも健斗を攻めたてるように。

イカされるもんか！

と健斗も意地になって快感をこらえた。

そうするうち、有希さんがたまらなさそうな鼻声を洩らして肉棒から口を離した。

「わたしが、上になっていい？」

欲情があらわになっている表情で訊く。

健斗はうなずいて仰向けに寝た。

有希さんが腰をまたぎ、怒張を手にすると、亀頭を割れ目にこすりつける。

派手に濡れてヌルヌルしているそこから、クチュクチュという生々しい音がたって、悩ましい表情を浮かべている有希さんがたまらなさそうに喘ぎ、ツルッと亀頭が蜜壺に滑り込んだ。

有希さんは、興奮で強張った表情のまま、真剣な顔つきになった。

一呼吸おくと、息をつめたようすで、ゆっくり腰を落としていく。

ヌルーッと肉棒が蜜壺に侵入していって、完全に腰が落ちて奥まで入ると、

「アーッ……」

と、有希さんが感じ入った声をあげた。

すると、蜜壺がジワッと肉棒を締めつけてきて、エロティックにうごめいて咥え込んでいく……。

「あぁッ」

「アアいいッ」

健斗の喘ぎ声と有希さんの昂った声が重なった。

有希さんが前屈みになって、競馬のジョッキーのような体勢を取ると、腰をゆっくり上下させはじめた。

「アアンッ……アハンッ……アンッ、いいッ……ハアンッ……ウフンッ……」

きれぎれに泣くような感じた声を洩らしながら、有希さんは自分で腰の動きを微妙に調節している。

肉棒の侵入を、蜜壺の入口付近に留めたり、奥までにしたりしているのだ。

そのようすが、いかにも貪欲に快感を味わおうとしている感じに見える。と同時にいやらしく見えて、健斗は興奮と欲情を煽られる。

そういう貪欲さやいやらしさは、若い香山絵里奈にはなかった。

ふたりのセックスを食べ物にたとえると、絵里奈は野菜サラダ、有希さんはステーキだと、健斗は思っていた。

そればかりか、食欲ならぬ性欲にかけて勢い盛んな健斗は、欲深いことを考えていた。

野菜サラダだけだと、全然物足りない。こってりと脂の乗ったステーキがほしい。できれば、両方食べることができるのが理想的だ、と。

ところが、その理想が叶ったかに見えた矢先、健斗にとってどちらかといえば好物のほうのステーキが、もう食べることができないかもしれないピンチに陥っているのだ。

有希さんの、濃いめのヘア越しに見え隠れしている肉棒を見ながら、目の前の煽情的な光景やいきり勃っている欲棒とは真逆の、暗澹たる気持ちになっていた健斗は、そのときふと、怪訝に思った。

――ダンナさんとヤッたというけど、それにしては最初の頃の欲求不満のときと変わらないみたいじゃないか。どうなってんだ？

つづいて、いやなことが頭に浮かんだ。

――それともこれを最後にするつもりで、思いきり楽しもうとしているのか。

そう思わせるかのように、有希さんが腰を激しく律動させはじめた。

「アアッ、だめッ、もうだめッ、イッちゃう！」

息せききっていうなり、腰を落とした。そして、クイクイ振りたてる。

亀頭と子宮口がグリグリこすれ合う。

「アアイクッ、イクイクッ……」

有希さんが昂ったふるえ声でいいながら、昇りつめていく。

達すると、健斗の上にゆっくり倒れ込んできた。

荒い息づかいをしている。健斗が唇を合わせて舌を入れていくと、有希さんのほうから泣くような鼻声を洩らして舌をからめてきた。

健斗はキスをつづけながら、腰をうねらせた。

「ウンッ……ウフンッ……フフンッ……」

有希さんが感じ入ったような鼻声を洩らす。怒張が蜜壺を突き上げたり、こすりたてたりしているのだ。

キスをつづけていられなくなったように、有希さんが顔を振って唇を離した。

「だめッ、またイッちゃう」

怯えたようにいう。

健斗は有希さんの上体を起こした。怒張が奥まで突き入って、有希さんが悩ましい表情を浮かべて喘いだ。そして、じっとしていられないようすで、また腰を振る。

健斗は両手を伸ばして美乳をとらえ、揉みたてた。

有希さんが健斗の両腕につかまると、官能的なウエストラインを描いている腰の律動を徐々に速める。

亀頭と子宮口のこすれ合いだけでなく、怒張の根元とクリトリスの摩擦もくわわって、たまらない快感に襲われているのだ。そればかりか、さらに快感を求めて、ひとりでに腰が律動してしまうのだ。

これは、有希さんが騎乗位を好むことがわかったとき、どういうところがいいのか健斗が訊いて、有希さん本人から教えてもらったことだった。

「どう、気持ちいい？」

健斗は乳房を揉みしだきながら訊いた。

「いいッ、いいわッ、アアンッ、たまンないッ」

有希さんがいまにもイキそうな切迫した表情と腰つきでいう。

「俺のチ×ポ、いい？」

「いいわッ。すごく、いいッ」

「ダンナさんのと、どっちがいい？」

「いやッ、やめてッ」

有希さんは強い口調でいってかぶりを振りたてた。

健斗は、しこって勃っている両方の乳首をつまむと、ひねりあげた。

「アウッ！——！」

有希さんが苦悶の表情を浮かべてのけぞった。腰の律動が手放しの状態になって、

「イクイクッ！」

と、律動と同じように忙しなく絶頂を訴えた。

有希さんは健斗の腕につかまったまま、達したばかりの凄艶な表情の顔をそむけて息を弾ませている。

健斗は上体を起こした。ひとりでに対面座位の格好になって、ふたりとも後方に手をついて上体を支えた。

「ほら、見えてる？」

そういって健斗は肉棒を抽送した。

「見えてるわッ。アアッ、入ってるッ。アアン、いやらしいッ」

股間に見入っている有希さんの表情は興奮しきって、声は昂ってふるえをおびている。

健斗が抜き挿ししている肉棒は女蜜にまみれ、それを肉びらが咥え込んでいる感じだ。その上端に剝き出しになっている過敏な肉芽は、膨れあがって、艶々しいピンク色の肉球と化している。

健斗はその玉を指先にとらえると、まァるくこねた。

「アッ、だめッ、それだめッ……」

有希さんがあわてふためいたようすで腰を揺する。健斗がかまわず肉球をこねつづけていると、また腰を振りたてながら昇りつめていく。

「バックでしよう」

健斗が結合を解いてそういうと、有希さんは黙って従った。気だるそうな動きで四つん這いになると、上体を伏せてヒップを突き上げた。

そのむっちりとしている尻朶を、健斗は両手で押し分けた。

秘苑があからさまになって、有希さんが喘いで軀をくねらせた。

開いている肉びらの周りにまで、濡れがひろがっている。露出している割れ目は、まるで蜜を塗りたくったようだ。

そして、微妙に折り重なっている柔襞が、イソギンチャクのそれを連想させるような収縮と弛緩を繰り返し、そのたびにジュクッという感じで蜜を吐き出している。

その収縮と弛緩は、割れ目のすぐ上にあらわになっているアナルと連動していて、赤褐色のすぼまりも同じ動きを見せている。

目の前の煽情的な光景が、健斗にとってこれまでになく気持ちをかき乱されるものに見えた。

健斗は怒張を手にすると、亀頭で割れ目をまさぐってすぐに押し入った。

一気に奥まで突き入ると、有希さんがそれだけで達したような声を発した。

健斗は有希さんの腰をつかんで突きたてた。

そのたびに感じ入った声を洩らす有希さんの、色っぽい背中から腰のくびれ、そのぶんいやらしいほど肉感的に見える尻のまるみ、そして、怒張にからんでくすぐりたてるような蜜壺……。

それを眼にし、感じていると、健斗はいたたまれない気持ちに襲われた。

「俺、これが最後になんて、しないからね」

「え!?……そんな、だめよ、わかって」

有希さんがうわずった声で戸惑ったようにいう。

「わかんないよ。有希さんだってそうだろ？　こんなに気持ちよくなるのに、最後になんてできるわけないだろ？」

健斗は思い入れを込めて強く突きたてながらいった。

「アアッ……でも、だめよ、だめなの……わたしたち、いけないのよ……おねがいだからわかって……わたしを、困らせないで」

有希さんが弾む息で懇願する。

健斗は返す言葉がなかった。遣り場のない気持ちがささくれだった。それをぶつけるように、有希さんを突きたてていった。

3

「きみもそうか」

綾瀬の話を聞くと、園部はお猪口を空けてからそういった。

「きみもって、おっしゃいますと……」

園部に酒を注ぎながら、綾瀬は訊いた。

すると園部は、にやりと意味ありげな笑いを浮かべた。

――そこは、過日ふたりが久しぶりに飲食した割烹料理店だった。

この前は園部の誘いだったが、この夜は綾瀬のほうが園部に時間を取ってもらって会った。

それというのも、綾瀬には園部に相談したい、というよりも相談するとしたら園部をおいていない悩み事があったからだった。

とはいえ、相談すること自体、それなりに悩んだ。夫婦のセックスについてのことだったからだ。

それでも相談してみようと決心したのは、いろいろな要素がからみ合ってのことだった。

園部にいわれた夫婦関係の危機。スワッピングの話。それに刺戟を受けて久々に行った妻とのセックス。ところが一度目はうまくいったものの、二度目からは不首尾に終わってしまった……。

園部から夫婦関係やスワッピングの話を聞かなかったら、セックスレスは三年ちかくつづいていたけれど、なにごともなかったかもしれない。

それが夫婦の危機を回避するため、妻とセックスしたことによって、綾瀬にとっては思いがけない悩みを抱える結果になってしまった。

このままではいけない、なんとかしなければ——という思いが生まれてきたのだ。

しかも、妻との久々のセックスの際、妻が見せた反応と、これも園部にいわれた、有希さんは欲求不満を抱えているはず、という言葉が重なって、その思いは切羽詰まったものになった。

その結果、綾瀬はこの夜、園部と会って、ここまでの経緯を打ち明け、どうしたらいいか、相談を持ちかけたのだった。


園部が意味ありげな笑いを浮かべていったのは、意外なことだった。

再婚するまでの園部は、それまでどおり派手な女関係をつづけていた。

だが再婚を機に、それを控えるようになった。再婚とはいえ新婚で、なにより妻を愛していたから当然といえば当然だった。

ところがそのうち、妻との行為中に中折れするようになった。妻に魅力を感じなくなったわけではなかった。それどころか妻のことは変わらず愛していたし、躯も気に入っていた。

歳のせいで弱くなったのか。園部はそう思った。

そこで、試しに浮気をしてみた。

すると、なんとかうまくいった。ただ、以前のように漲るものがなかった。それればかりか、つづけて浮気をしようという気が起きなかった。

やっぱり歳のせいか。園部は暗澹たる気持ちになった。

そんなときだった。財界人が集まるある会合に出席した際、懇意にしている大手企業の社長に誘われて飲みにいった。

その社長は、女好きという点で園部と似ていて、女の話になると、まさに肝胆《かんたん》相照《あいて》らすという関係だった。

そこで、園部は社長に悩みを打ち明けてみた。すると社長曰く、

「そういう場合の特効薬は、ジェラシー、嫉妬だよ。あんたは奥さんを愛しているようだから、これが一番効く。この特効薬を飲むには、スワッピングだ。さすがのあんたも、奥さんがほかの男に抱かれているところを見たら、平静ではいられないだろう。嫉妬で狂いそうになるかもしれん。ところがその激しい嫉妬が、あんたのムスコを奮い立たせるんだよ」

さらに社長は、じつは自分たち夫婦もスワッピングを楽しんでいる。信頼がおけるクラブに入会していて、よかったら紹介してあげるといった。

園部にとって、まさかスワッピングの話が出てくるとは思いもよらなかった。それだけに驚き、戸惑った。

ただ、酒を酌み交わしながら社長の話を聞いているうちに、もとより女遊びにかけては人後に落ちない園部は、スワッピングへの興味がわいてきていた。

「ま、きみと俺の場合、ここに至るまでの女の経験や、それに基づく女やセックスについての考え方など、ちがいはあるはずだけど、似ていることが一つある。それは、似たような悩みを抱えたこと、そしてそれを解決する妙薬にたどりついたことだ。もっとも、俺のほうはもうそれを試飲して悩みを解消しているが、きみはまだこれからどうするのか、というちがいはあるがね」

園部は話の最後にそういったのだ。

黙って聞いていた綾瀬は、気になることがあった。もっとも肝心なことだった。

「局長は、奥様は大丈夫だったんですか。思いついても実際やるとなると……」

「ああ、わかるよ。そこが一番問題だからね」

綾瀬の心配げな表情を見てか、園部はうなずいていった。

「もちろん、俺も妻の反応を気にしたよ。ただ、杞憂だった。『あなたと一緒に楽しむなら、わたしはいいわよ』妻はそういってくれたんだ。愛は通じるだよ」

自慢げな笑いを浮かべている園部を見て、綾瀬は戸惑った。うらやましがっている自分がいたからだ。

「だけど、きみのところはうちとはちがうから、少々大変かもしれないな」

園部が反応をうかがうように綾瀬を見ていった。

「ふたりともマジメだし、きみはいいとしても奥さんの有希さんがどういう反応を見せるか、それが一番の問題だろうね。ま、すべてはきみの説得力にかかっている。がんばりたまえ」

「え、ええ……」

綾瀬はあいまいに応えた。自分でも浮かない顔色をしているのがわかった。

有希をスワッピングに誘うよう説得するなど、到底無理な話だった。

その前から有希の答えはわかっていたし、誘う勇気も、説得する自信も、綾瀬にはなかった。

帰宅したとき、綾瀬は酒にかなり酔っていた。

時刻は、午前零時ちかくだった。

ざっとシャワーを浴びて寝室に入っていくと、いつものようにスタンドの小さな明かりだけが灯っていて、妻はベッドに入っていたが起きていた。

「お帰りなさい。今夜も園部局長と刺戟的な話をしてらしたの？」

嫌味でも揶揄する感じでもなかった。穏やかな口調だった。

今夜園部に会うことは、役所を出る前に妻に伝えていた。

「ああ……」

そういって綾瀬は妻の横に入った。

「あなた、もう遅いわ」

妻が戸惑ったようにいった。求められると思ったらしい。

「それにだいぶ酔ってるみたい。早く休んだほうがいいわ」

「大丈夫だ。今夜はおまえに話したいことがあるんだ」

綾瀬は天井を見たまま、意を決していった。園部と別れて帰宅するまでに決心していたのだが、ひどく緊張していた。

「なに？」

なぜか、妻の声にも緊張が感じられた。

「俺はおまえのことを、心から愛してる。なにより大事に思っている」

「やだ、急にどうしたの？」

有希の声には、さっきよりも戸惑っている感じがある。

「それなのに俺は、おまえに辛い思いをさせている。こんなことをしてたら、俺たちはだめになってしまう。第一、俺は大事なおまえを失ってしまう」

「ちょっと待って。あなた、なにをいってるの？　わたしに辛い思いをさせてるって、どういうこと？」

「セックスだよ。このままでは、俺はおまえを満足させてやることができない。それに俺自身、男としてだめなままで終わってしまう。おまえだって、口に出してはいわないけど、不満に思っているだろ？　正直にいってくれ」

「そんな……わたしもあなたのこと、愛してるわ。だから正直いって、軀も愛してほしいって気持ちはある。だけど、それが満たされないからって、あなたのこと、きらいになったりしないわ」

「ありがとう！　すまない」

いうなり綾瀬は妻のほうに向き直って抱きしめた。

そのときふと、思った。

――スワッピングのことなんて話さなくても、このままでいいんじゃないか。話したら、この絆が損なわれてしまうかもしれない……。

だが綾瀬は愕然とした。

――だけど、こういう状態になったなら、夫としては妻の軀を求めて、妻を歓ばせてやるのがふつうだろう。

そんな熱い思いにかられたにもかかわらず、気持ちと軀が一体にならないからだった。

綾瀬は妻を抱いたまま、いった。

「有希、これから俺が話すことを、できるだけ冷静に聞いてくれ」

「冷静にって、どうして？」

有希が硬い口調で訊く。頬が触れんばかりなので、おたがいに相手の表情はわからない。

「おまえにとっては、とてもショッキングなことだからだよ」

「なんだかわからないけど、ええ、冷静に聞くわ」

「俺は、おまえとふたり一緒にセックスを楽しみたいんだ」

「それって、ふつうでしょ」

「いや、俺がいってるのは、スワッピングのことなんだ」

「スワッピング!?――」

有希は驚きの声でいったきり、言葉がない。

そんな妻に、綾瀬は園部から吹き込まれたスワッピングの効果とメリットを必死に熱っぽく話した。

4

小春日和の昼下がり、有希はぼんやりして、寝室から隣の健斗の部屋を見るともなく見ていた。

気がつくとこうしていた――という感じだった。

ここ数日、こういうことが多い。

原因は、夫から聞かされた、耳を疑うようなことだった。

それは、スワッピングの話だった。

その話を切り出す前に、夫はいつになく饒舌に、しかも熱っぽく、いろいろなことを有希に話した。

有希を愛していること、大事に思っていること、セックスレスのこと、夫婦関係が危機にあること、それを回避する妙薬がスワッピングであること、園部夫婦はすでにスワッピングを実践して楽しんでいること、など。

そして、終いに、

「突然こんなことをいわれて、おまえが混乱しているのはわかる。どうするか、すぐに答えを出してくれとはいわない。ただ、おまえがしてもいいといってくれれば、俺はしてみたいと思っている」

といったのだ。

唖然、茫然とは、まさにこのことだった。夫が話し終わっても、有希はショックのあまり口をきくこともできなかった。

夫は、こんなこともいった。

「おまえがほかの男に抱かれているところを想像すると、身も心も焼かれるような嫉妬をかきたてられて、どうにかなってしまいそうになる。それなのに興奮して、勃起してる。変態だと思うかもしれないけど、局長がいうには、それがスワッピングの効果で、メリットだというんだ。俺もそうだろうと思う。想像しただけでこうなんだから」

それに園部局長には、夫はこうもいわれたらしい。

「きみと有希さんがその気になったら、手始めにまず、ある程度気心が知れてて安心できる、うちと楽しむのがいいんじゃないか」

有希は夫に連れられて、なんどか園部夫婦と食事をしたことがあった。

それまでに園部のことは夫から聞いていた——仕事の上では右に出る者がいないほどのやり手だが、女性関係が盛んで、役人としては型破りのタイプ——が、実際に会ってみると、そのとおりの人物だった。

佳乃夫人のほうは、きれいで色っぽい女性だった。水商売の世界にいたというだけあって、物怖じしない感じで、それに気が置けないところもあり、有希はすぐに親しくなった。

そんな佳乃のことはともあれ、ここ数日、スワッピングのことと一緒に園部の顔が、有希は頭から離れなかった。

それればかりか、園部に抱かれている自分の姿が脳裏に浮かんだり、しかもそれが夫が見ている前だったりするのだ。

しかもそのたびに頭ばかりか軀も熱くなってひどくうろたえ、『いやッ』と胸のなかで叫び、かぶりを振ってそれを追い払っていた。

――スワッピングなんて、とんでもない。そんな淫らなことなんて、死んだってできない。

有希は頑なにそう思っている。

だが、それではすまなかった。その強い思いが、自問と自責の念になって、自分自身に突き刺さってくるのだ。

――じゃあ、自分のしてることはどうなの？　淫らじゃないっていえるの？　夫を裏切ってないといえるの？

そう思うと胸が痛み、いたたまれなくなって、昨日、有希は局アナ時代の後輩で、いまは友達の鳥飼美寿々に会った。

会うまでは、すべて話し、どうしたらいいか相談して、アドバイスをもらおうと思っていた。

ところがそうはいかなかった。というより、そうできなかった。

会うなり美寿々は彼氏のことを話しはじめた。

彼の性欲が強すぎて、わたしと付き合っているのは、わたしの軀だけが目的ではないか思う。そういって悩んでいた、その交際相手の彼と最近別れることができたらしい。

せいせいした表情の美寿々を見ていると、有希は自分のことを話せなくなった。性的なこともけっこう明け透けに話す美寿々よりも、自分のほうが淫らに思えてきたからだった。

そのときのことを思い出していると、健斗の部屋の閉まっていたカーテンが開いて、有希はあわてた。

健斗が窓辺に立って、携帯電話を耳に当ててこっちを見ていた。

すると、有希の携帯の着信音が鳴りだした。

携帯はドレッサーの上に置いていた。そこまでいって手に取ると、健斗からだった。

有希は健斗を見ながら電話に出た。

「帰ってきたら、有希さんがこっちを見てるんでビックリしたよ」

健斗は気負った感じの声でいった。

「逢いたいな。いってもいい？」

「だめよ。約束したでしょ」

有希は強い口調は撥ねつけた。

先日も健斗が電話をかけてきて、「逢いたい」としつこくいうので、思いあまって「どうしてもわたしの頼みを聞き入れてくれないなら、わたしにも覚悟があるわよ。健斗くんのご両親にすべて話すわ。それでもいいの？」と脅して、もう逢わないと約束させたのだ。

もっとも、健斗のいまの言い種では、脅しが効いたとはいえない。そのときは有希の剣幕に圧倒されて、そう言い逃れたのだろう。

「わかったよ」

意外にも健斗はあっさりいった。

「約束は守るから、そのかわり、ちょっと付き合ってよ」

「どういうこと？」

「有希さんの携帯にも、ビデオ通話のアプリが入ってると思うんだけど、それで遊びたいんだ」

「遊ぶって、なにをするのよ」

「じゃあいったん切って、俺からかけ直すよ」

戸惑う有希の問いかけを無視して、健斗は通話を切った。

有希は自分の携帯にそのアプリが入っているのはわかっていたし、使ったこともあった。

ほどなく、ふつうの着信とは異なる着信音が鳴った。

有希は電話に出た。

「キャッ！」

思わず悲鳴をあげた。携帯画面にいきなりペニスが現れたのだ。

「俺のペニス。驚いた？」

健斗がおもしろがっているような声でいう。

携帯を股間に近づけてペニスをアップで写しているため、ほかは見えない。その画面の隅に、有希の啞然としている顔が写っている。

「ね、最後の記念に、有希さんもオッパイとかアソコとか見せてよ」

健斗が手でペニスをしごきながら、とんでもないことをいう。

「そんなこと、いやよ。できるわけないでしょ」

有希は声がうわずった。狼狽だけでなく、みるみる強張ってきているペニスのせいもあった。それから眼が離せない。

「なんでよ。ほら、俺もうこんなになってんだよ」

健斗が怒張を揺すってみせる。

「俺だけ見せるなんて、不公平じゃん。それに有希さん、いってたじゃないよ。

いい思い出にしましょうって。俺、有希さんのオッパイとかアソコ、眼に焼きつけておきたいんだ。ね、頼むよ、見せてよ」

懇願する健斗が揺すりつづけているペニスは、もういきり勃っている。

それを見ているうちに有希の脳裏に、健斗とのセックスのさまざまな場面がつぎつぎに浮かびあがってきた。

それにつれて軀が熱をおびたようになり、秘芯がせつなくうずいて、いやらしくうごめく。

ああッ——たまりかねて有希は胸のなかで喘ぐと、いった。

「本当に、これが最後よ。こんどこそ、約束して。いい?」

「ああ、約束する」

「わたしも、健斗くんのペニス、思い出に眼に焼きつけておくわ。ちょっと待ってて」

そういうと有希は携帯をベッドの上に置いて、セーターを脱いだ。

つづいて着ているものを脱いでいきながら、思った。

——一体、わたし、なにをしているのかしら。こんなはしたないことをするなんて、正常とは思えない……。

そのとき、寝室に差し込んでいる冬の脆い陽差しが眼に入って、ふと、淫らな白昼夢の世界に入っていくような感覚に襲われた。

有希は朱色のブラとショーツだけになると、ベッドに腰かけて携帯を手にした。

画面には、健斗の顔が写っていた。

「有希さんの全身を見せて」

有希は携帯を前に差し出して、ほぼ全身を画面に写した。

「いいね。でも全部脱いでほしいな。俺はほら、もうこれだよ」

健斗がそういって自分の全身を写した。全裸で、怒張が腹を叩かんばかりになっている。

「わかったわ」

その怒張を見ただけで軀がふるえ、興奮のためにぶっきらぼうな声になった。

有希も全裸になった。

「オッパイ見せて」

健斗のいうとおりにした。

画面の片隅に乳房が写り、アップになっている怒張がヒクッと跳ねた。健斗の携帯の画面には、乳房のアップが写っているはずだ。

「きれいなオッパイだ。ゆっくり携帯を下げて」

健斗がいう。

有希は画面の片隅の小さなフレームを見ながら、いわれたとおりにした。フレームに、腹部からその下の黒々としたヘアが写し出される。

「有希さんて、ヘアがけっこう濃いんだよね。それがなんかいやらしくて、興奮させられちゃうんだけどさ、アソコもそんな感じなんだよな。ね、ベッドに座って、股開いてアソコを見せてよ」

いや——有希は思わず胸のなかでいった。だが反対に挑発する気になった。

「見たいの？」

「……ああ、見たいよ」

一瞬戸惑ったような気配があって、健斗がいった。

有希はベッドに腰かけた。興奮してドキドキしながら、ゆっくり膝を開いていった。

画面に秘苑が写っているのを見て、カッと全身が熱くなってふるえた。

「指をVサインの形にして、アソコを開いて見せて」

健斗がいった。

さすがに有希はためらった。が、異様な昂りに衝き動かされて、健斗の指示に従った。秘唇を開いた瞬間、ゾクッとして、喘ぎ声が口をついて出た。

「すごいッ。いいね。割れ目の間がまる見えだよ。それに、ビチョビチョになってる。有希さん、メッチャ感じてるんじゃない？」

健斗が興奮した声でいう。

「うん、健斗くんがいやらしいことをさせるからよ」

有希はなじる口調になった。

「オッ、動いてる！」

健斗が驚きの声をあげた。

「ああ、たまンないッ。三段締めを思い出しちゃうよ」

うわずった声と一緒に、怒張が繰り返し弾んでいる。

秘芯がうごめいているのは、有希自身わかっていた。

「ね、有希さん、このままテレフォンセックスしようよ」

健斗の弾むような声が、有希には遠く聞こえた。それより、さっきから自分のなかでなにかが壊れていくのを感じていた。

5

ホテルのなかにあるレストランのテーブルを、二組の夫婦が囲んでいた。綾瀬夫婦と園部夫婦だった。

四人は、夫同士と妻同士がそれぞれ隣り合う格好で座っていた。

二組の夫婦の表情やようすは、あまりに対照的だ。

園部夫婦がワインと料理を楽しみながら綾瀬夫婦ににこやかに話しかけているのに対して、綾瀬夫婦のほうはふたりとも緊張しきっている。そのため、喉の渇きを潤すためにしきりにワインを飲んでいるが、料理にはほとんど手をつけていない。それに話しかける園部夫婦にも短い言葉か、ぎこちない笑みを返しているだけだ。

無理もない。綾部夫婦は、これから初めてスワッピングを体験しようとしているのだ。

この日、二組の夫婦はホテルのロビーで落ち合ってからレストランにきた。

園部龍生は顔を合わせたときから上機嫌で、レストランの席につくなり相好を崩していった。

「いやァ有希さん、よく決心していただけましたね。綾部くん自身、すぐには信じられなかったといってましたけど、じつはぼくもそうでした。でもよかった。彼の思いを聞き入れてくださって、ぼくもうれしかったですよ」

「あら、ぼくもじゃなくて、あなたが一番うれしかったんでしょ」

横から園部の妻の佳乃が夫を色っぽく睨んで茶々を入れた。

「おいおい、ここで本当のことをいうもんじゃない」

園部がおどけていって、笑いが生まれた。といっても綾部と有希はあいまいな笑みを浮かべただけだったが。

ワインで乾杯したあとは園部の独り舞台だった。スワッピングの効用やメリットにはじまり、自分たちが初めてスワッピングを経験したときの話など、綾瀬と有希をリラックスさせようとしてだろう、努めて軽妙さを心がけているように話した。

その話を、有希はほとんど聞いていなかった。覚悟はしてきたものの、このあとのことを思うと、とても平静ではいられなかったし、園部の話も耳に入らなかった。

有希がスワッピングをすることに同意したのは、三日前のことだった。

その夜、ベッドのなかで夫から、

「あのこと、考えてくれてるか」

と訊かれて、「ええ」と有希は答えた。

すると夫は、「で?」と、気負った感じで訊いてきた。というのも、それまでなんどか訊かれて、そのたびに有希は「そんなこと、考えられるわけないでしょ」とか「考えてなんかないわ」などと答えていたのだ。

ただ、その答え方自体おかしい、と有希自身わかっていた。言い逃れでしかない、と思っていた。

事実、そうだった。スワッピングなんてとんでもない。異常としか思えない。絶対にいやだ。そう思っていた。それでいて、夫にそういえないのだ。自分が夫を裏切っているという負い目があるからで、そのために言い逃れのような答え方になってしまっていたのだった。

ところが先日、健斗との間で自分の淫らさを思い知らされるようなことがあってから、有希の気持ちはそれまでとは大きく変わってきた。

夫に対する裏切り、罪の意識は、なにをしても消せるものではない。それは絶望的なまでにわかっていた。となれば、離婚するほかない。だが有希は夫を愛していた。自業自得とはいえ、夫を失うことは死に値すると思うほどに。

そんな有希の胸にめばえてきたのは、自虐的な気持ちだった。

自分で自分を罰する。せめてそうするしかない。

三日前の有希は、その思いにとらわれていた。そして、

「あなたが、どうしてもっていうなら」

そう夫に答えたのだ。

「いいのか？」

夫は有希の顔を覗き込んで訊いた。まさに信じられないという表情をしていた。

有希は黙ってうなずいた。

そんなことを思い返していると、園部がトイレに立った。すると、佳乃が有希の耳元に顔を寄せてきた。

「有希さん、〝妊活〟がうまくいかなかったのはショックだったでしょうね。お気持ちお察しするわ。でもこうなったら、そのぶん綾瀬さんとふたりで思う存分楽しむことが大切よ。人生、これからのほうが長いんだから、ね」

囁くようにいうと、有希の顔を見て、にっこり笑いかけてきた。

有希はうなずくと、佳乃に笑い返した。

「すてきな笑顔だわ。リラックスして楽しみましょ」

佳乃がそういったとき、園部がもどってきた。

「じゃあ、部屋のほうにいこうか」

有希は立ち上がりながら夫を見た。

夫は、有希のほうが心配になるほど緊張しきった表情をしていた。

有希はふと思った。

——いざとなったら、女よりも男性のほうが緊張するのかも……。

とはいえ有希自身、心臓の鼓動が息苦しいほど高鳴っていた。

スイートだという部屋は、ゆったりしたスペースに応接セットがあり、セミダブルサイズのベッドが二つあった。

まず、園部夫婦がシャワーを使い、つぎに綾瀬夫婦が浴びることになった。

綾瀬はソファに、妻の有希は横の一人掛けの椅子に座っていた。

「有希、後悔していないか」

綾瀬は訊いた。

「どうしてそんなこと訊くの？」

硬い表情で訊き返されて、綾瀬はちょっとたじろいだ。

「いや、してなければいいと思って……」

それっきり、ふたりとも黙り込んだ。

重い苦しい沈黙が流れるなか、園部夫婦が白いバスローブをまとってもどってきた。

「おふたりどうぞ」

そういわれて綾瀬と妻は浴室に向かった。

綾瀬は妻がどういう下着をつけているか知っていた。出かけてくる前に着替えをしているとき、どうしても気になって仕方なくなり、「見せてくれ」と頼んだのだ。妻は黙って見せてくれた。それは、黒い総レースのブラとショーツだった。

浴室に入って裸になると、綾瀬には妻の軀がやりきれないほど艶かしく見えた。これから園部に抱かれると思うからで、早くもふだんにはない兆候が分身に現れた。強張ってきたのだ。

思わず妻を抱きしめたい衝動にかられたが、そんなことをしている暇はなかった。それに妻はなにを考え思っているのか、綾瀬を見ないようにして手早く軀を洗って、バスタオルで軀を拭いている。

綾瀬と有希もバスローブをまとって浴室から出ていくと、園部夫婦がジュースらしい飲み物が入ったグラスを手にしてソファから立ち上がった。

緊張による喉の乾きを気にしてくれたらしく、園部が有希に、佳乃が綾瀬にそれぞれグラスを手渡した。

「では、綾瀬夫妻にとっては初めての、記念すべきスワッピングを楽しむとしよう。有希さん、よろしく」

綾瀬と有希がジュースを飲み干すのを待って、園部がそういうと有希の手を取って抱き寄せると、

「こちらも、綾瀬さんよろしくね」

佳乃も同じようにいって綾瀬の胸にもたれかかってきた。

園部のほうは有希の唇を奪っている。そればかりか、もう舌をからめているらしく、有希が戸惑ったような鼻声を洩らす。

綾瀬はカッと、頭のなかも軀も熱くなった。

「こちらも負けていられないわよ」

佳乃が甘く囁くようにいって、綾瀬のバスローブの胸元から手を滑り込ませ、

指先で乳首をくすぐる。

綾瀬は佳乃に唇を重ねた。ほとんど一緒にふたりの舌がからみ合って、佳乃が甘い鼻声を洩らす。

濃厚なキスをしながら、綾瀬は妻のほうを見た。

妻と園部も熱っぽくキスをつづけている。それだけではない。園部の両手が妻のバスローブ越しに尻を撫でまわし、それに合わせて妻の尻がもどかしそうにうごめいている。

――局長のアレが当たって、あんな腰つきをしているのかも……。

そう思って嫉妬にかられていると、

「うふん、綾部さん、元気がないって聞いてたけど、すごいわ」

佳乃が腰をくねらせて下腹部を綾瀬の強張りにこすりつけながら、艶めいた声でいう。

そのとき、妻の軀からバスローブが滑り落ちて、黒いショーツをつけただけの、きれいで色っぽい裸身があらわになった。シャーワーを浴びたあとはブラはつけていなかった。

綾瀬も佳乃のバスローブを剝いだ。佳乃はその下になにもつけていなかった。

妻よりもひとまわり大きい、四十すぎとは思えない張りがある乳房に、綾瀬が眼を奪われていると、園部が妻をベッドに誘う声が聞こえた。見ると、裸の園部が妻をベッドに上げていた。

「わたしたちもベッドインしましょ」

佳乃がそういいながら綾瀬のバスローブを脱がした。綾瀬はトランクスを脱ぎ捨てた。

6

有希は園部の上になってシックスナインの体勢を取り、クリトリスをこねている園部の舌でかきたてられる快感を必死にこらえながら、それに対抗するように怒張を舐めまわしたり、咥えてしごいたりしていた。

夫のほうを見やると、眼が会った。夫は有希の行為を血走ったような眼で見つめていた。

その眼に、有希はたじろいだ。が、たじろいだのは一瞬だった。その眼が有希を責めているのではなく、嫉妬にかられて、しかも興奮している眼だとわかったからだった。

夫は仰向けに寝て、佳乃にフェラチオをされていた。佳乃の舌がじゃれるようにしてなぞったり、その唇が咥え込んでしごいたりしている怒張は、有希が久しく見たことがないほどいきり勃っている。

それに煽られて、有希も園部の怒張を咥えてしごきたてた。それに負けじとばかりに園部の舌が肉芽を弾く。

有希は、すぐに我慢できなくなった。

「アアだめッ、だめッ、イッちゃう！」

園部の腰にしがみついていうなり、めくるめく快感に呑み込まれて軀がわなないた。

そのとき、隣のベッドで佳乃の感じ入ったような喘ぎ声があがった。

起き上がった園部に、彼の膝にまたがった格好にされた有希が、隣を見やると、夫が佳乃の股間に顔をうずめていた。

佳乃が艶めかしい喘ぎ声をあげるなか、園部が怒張でクレバスをまさぐってきた。

「ほら、見てごらん」

そういって、ヌルヌルしている秘唇の間を、亀頭で上下になぞる。

有希は園部の言葉につられて股間を見やった。

園部のペニスは健斗ほどのサイズと猛々しさはないが、太さと亀頭の大きさは眼を見張るものがあって、とくに亀頭は傘が半分開いているマツタケを連想させるようにエラが張っていて、凄味がある。

その亀頭で、ますます過敏になっている肉芽やうずいている膣口をこすられると、淫猥な情景にも刺戟され興奮を煽られるが、それ以上に泣きたくなるような快感をかきたてられて、腰がひとりでにいやらしくうねってしまう。

「アアン、だめッ……それ、だめッ……」

「どうした？　ん？　どうしてだめなの？」

息せききって訴える有希に、園部が猫なで声で訊く。

「ウウンッ、焦らしちゃいやッ。アアッ、きてッ」

たまりかねて有希は腰を揺すって求めた。

「ん？　どうしてほしいのかな」

園部が亀頭で膣をこねる。

「アアそこッ、入れてッ」

「ぼくのチ×ポを、入れてほしいの？」

有希は夢中になってうなずき返した。もはや頭のなかにはそれしかなかった。

「どこに入れてほしい？」

園部がなおも訊く。

なにをいわせたがっているか、有希はわかった。健斗にはいったことがあったが、夫にはいったことがない。夫に聞かれると思うと、興奮を煽られて頭がクラクラした。

「オマ×コに、入れて」

有希はいった。抑揚のない口調になった。

「じゃあ、ぼくのチ×ポからフルコースでいってごらん」

「アアッ……きょ、局長のチ×ポ、オマ×コに、入れてッ」

「有希さん、すごいッ。わたしも興奮しちゃったわ」

佳乃が言葉どおり、興奮した声でいった。

「いやッ」

小声を洩らして有希は佳乃のほうを見た。佳乃と夫は対面座位の体位で抱き合っていた。

「綾瀬くん、有希さんからこんな言い方でおねだりされたら、きみだってたまらないんじゃないか」

園部がいうなり押し入ってきた。

有希は呻いてのけぞった。ふつうではとても口にできない恥ずかしいことをいって求めずにはいられなくなっていたぶん、貫かれただけで達してしまった。

園部が怒張を抽送する。

恐ろしくエラを張った亀頭が脳裏に浮かび、それで押しひろげられたり、掻きだされたりする感覚と一緒にしたたかな快感に襲われて、有希は感泣していた。

「さ、綾瀬くんと妻にもよく見せてやろう」

そういうと園部は片方の脚を立てて有希を横倒しにして、腰を使う。

園部の怒張が有希の女芯を突き引きしている淫らな情景が、隣のベッドからまる見えだった。

「ああ、有希さん気持ちよさそう。ね、綾瀬さん、わたしも同じようにして」

佳乃にいわれて、夫がすぐに応じるのがぼんやりと見えた。興奮のあまり、有希は視界がぼやけているのだった。

まるで官能の嵐が過ぎ去っていったようだった。

静まりかえっている部屋にいるのは、全裸でベッドに突っ伏したままの有希と、隣のベッドに裸のまま腰かけている夫の、ふたりだけだった。

園部夫婦はたったいま、有希たちを残して先に帰っていった。

夫が黙って立ち上がるのがわかった。

なんども達してそのけだるい余韻に浸っていた有希は、夫を見て驚いた。ペニスがいきり勃っているのだ。

「有希！」

ベッドに上がって有希の名前を呼ぶなり、夫が覆い被さってきた。

「あなた、アウッ！」

いきなり怒張を秘芯に突き挿すと、激しく突きたてる。

「アアッ、あなた、いいッ、いいわッ」

有希は両手でシーツをわしづかみ、夫の動きに合わせて腰を突き上げながら快感を訴えた。

夫はいったん怒張を抜くと、有希を仰向けにしてふたたび押し入ってきた。

「ああ有希ッ、好きだ、大好きだッ、愛してるよッ」

まるでなにかに取り憑かれたように言い募りながら、思いの丈を叩き込むように突きたててくる。

「わたしも、愛してるッ」

有希は夫にしがみついていった。


園部夫婦が先に帰ったのは、スワッピングのあとの有希たち夫婦の気持ちを思いやっての配慮だったのだ。

有希と綾瀬は、そんな園部夫婦に感謝しながら、濃密なセックスの匂いがたちこめている部屋をあとにした。

エレベーターでホテルの一階に下り、ドアが開くと、そこに若いカップルが立っていた。

その若者を見た瞬間、有希は動揺した。

健斗も動揺したようだった。

それも一瞬だった。二組のカップルは入れ替わりにそれぞれエレベーターから下り乗り込んだ。

「おい、いまのは隣の健斗くんじゃないか」

後ろでドアが閉まった直後、夫がいった。

「そうだったみたい」

有希は平静を装っていった。

「健斗くんもやるじゃないか。もう大学生だから無理もないけど、彼女、可愛かったしスタイルもよくて、なかなか似合いのカップルだったな」

有希と並んで歩きながら夫がいう。

そっと、有希は夫に腕をからめた。

「ん？」

夫がちょっと驚いたような反応を見せて、

「帰ったら俺、まだできそうだよ」

と、弾んだ声で囁く。

有希はギュッと夫の腕をつねった。愛してる、という思いを込めて。

「イテッ！」

おそらく、夫は有希の気持ちはわかっていないのだろう。大袈裟に痛がった。

＊本作品は書下しです。文中に登場する団体、個人、行為などはすべてフィクションであり、実在のものとは一切関係ありません。

元女子アナ妻《もとじょしあなづま》 覗かれて《のぞかれて》

二〇二三年 一 月 十 日 初版発行
著者◉雨宮 慶【あまみや・けい】
発行◉マドンナ社
発売◉二見書房
東京都千代田区神田三崎町二‐一八‐一一
電話 〇三‐三五一五‐二三一一(代表)
郵便振替 〇〇一七〇‐四‐二六三九
印刷◉株式会社堀内印刷所 製本◉株式会社村上製本所 落丁・乱丁本はお取替えいたします。定価は、カバーに表示してあります。
ISBN978-4-576-22187-8◉Printed in Japan◉©K.Amamiya 2022